WATCHERS

Geheime Experimente

© Marion Ettlinger

Peter Lerangis wurde 1955 geboren. Er studierte Biochemie in Harvard und arbeitete acht Jahre lang als Schauspieler, bevor er sich dem Schreiben zuwandte. Unter seinen über hundert Werken finden sich Filmbücher, Thriller und mehrere Serien für Jugendliche. Vor allen Dingen wurde er durch seine Buchadaptionen der Filme »Sixth Sense« und »Sleepy Hollow« bekannt – ein Meister des Genres.
Heute lebt er mit seiner Frau und seinen zwei Söhnen in New York City.

Peter Lerangis

WATCHERS

Geheime Experimente

Aus dem Englischen von
Johanna Ellsworth

CARLSEN

Außerdem sind folgende *Watchers*-Bände von Peter Lerangis im Carlsen Taschenbuch lieferbar:

Spurlos verschwunden (CTB 185)
Rewind – Adams letzte Chance (CTB 186)
Im Nebel verschollen (CTB 226)
Zwischen den Fronten (CTB 227)

Deutsche Erstausgabe
Veröffentlicht im Carlsen Verlag
Juni 2003

Originaltitel: »Watchers – LAB 6«
Dieses Werk wurde vermittelt durch die
Literarische Agentur Thomas Schlück GmbH, 30827 Garbsen

Umschlagbild: Jan Köpke unter Verwendung von Fotos von David Elfstrom
Umschlaggestaltung: Doris K. Künster / Britta Lembke
Corporate Design Taschenbuch: Dörte Dosse
Lektorat: Inga Dwenger
Gesetzt aus der Meridien und Gill
von H & G Herstellung, Hamburg
Druck und Bindung: Westermann Druck Zwickau GmbH
ISBN 3-551-35228-3
Printed in Germany

WATCHERS

Aktenzeichen: 7222

Name: Samuel Hughes

Alter: 13

Erste Kontaktaufnahme: 41.33.02

Aufnahme: Ja

1

»Nenn mir einen Grund, warum ich dir nicht die Fresse polieren sollte.«

Bart Richter brachte kaum die Worte heraus. Er biss die Zähne zusammen wie eine Mausefalle, die ihre Beute knapp verfehlt hatte.

Sam Hughes fühlte sich wie die Maus.

Renn weg.

Der ist verrückt.

Sam wusste, er hätte Bart die Hausaufgabe für den Computerkurs geben sollen – ihm einfach eine kopierte Diskette aushändigen sollen ohne ihn auszutricksen. Er hätte Bart wie immer schummeln lassen sollen. Vielleicht hier und da eine Zeile verändern, damit es nicht zu auffällig wurde.

Es war dumm von ihm gewesen, den Virus einzubauen.

Was habe ich mir dabei bloß gedacht?, fragte sich Sam.

Er hatte seinen Plan für unfehlbar gehalten. Schließlich war es kein Killer-Virus. Er war leicht zu reparieren. Bart hätte die Diskette in seinen Computer gesteckt. Dann wären seine Dateien verschwunden. In seiner Verzweiflung hätte er Sam angerufen. Sam wäre sofort gekommen und der Held des Tages gewesen. Er

hätte sich bereit erklärt die Dateien zurückzuholen – unter der Bedingung, dass Bart versprochen hätte nicht mehr abzuschreiben.
Doch unfehlbar war nicht dasselbe wie un-Bartbar.
Bart hatte die Diskette nicht geöffnet. Stattdessen hatte er sie abgegeben, wie sie war.
Der Erste, der sie geöffnet hatte, war der Lehrer des Computerkurses, Mr Antonelli, gewesen.
Und nun waren *seine* Dateien zerstört.
Seine Unterrichtsnotizen, seine Familienfinanzen, seine E-Mails und die ersten sieben Kapitel seines großen amerikanischen Romans – alles war in Sekundenschnelle verschwunden.
Am Ende des Tages war auch Bart verschwunden. Für eine Weile vom Unterricht ausgeschlossen. Doch vorher hatte Mr Antonelli ihn angeschrien, ihn durchfallen lassen und gedroht ihn zu verklagen.
Deswegen war Sam am Freitagabend hinter dem Blue-Mountain-Einkaufszentrum seinem Schicksal ausgeliefert, das in Form eines rachsüchtigen vierzehnjährigen Läufers auftauchte.
»Mr Antonelli ist ein kluger Mann«, sagte Sam und wich zurück. »Es ist ein einfacher Virus. Er – er kann die Dateien wiederherstellen, kein Problem. Ich kann ihm sagen wie, wenn du –«
Sam stieß mit dem Rücken an die Steinwand. Er schaute nach rechts zum Eingang des Einkaufszentrums, doch ein Müllcontainer stand im Weg.
Bart kam immer näher. »Ich verstehe es einfach nicht.

Welcher Schwachkopf würde einen *Virus* in seine eigenen Hausaufgaben einbauen?«

»Auf *meiner* Diskette war er nicht.«

O nein.

Sam, du Idiot.

Barts Miene spiegelte wider, dass es ihm langsam dämmerte. »Du hast das mit Absicht getan –?«

»Ich dachte nicht, dass du sie abgeben würdest –«

Bart schlug sofort zu.

Sam duckte sich zwar, doch er war nicht schnell genug.

Er verlor den Boden unter den Füßen und wurde von der Wucht des Schlags auf seinen Kiefer zurückgeschleudert. Mit einem lauten Krachen knallte er gegen die Seite des Müllcontainers.

»Dann denk JETZT nach, Schlaumeier«, knurrte Bart. Wieder ballte er die Faust.

Sam umklammerte die Kante des Containers und zog sich daran hoch. Von innen stieg der Gestank verfaulter Essenreste auf.

Er spürte, wie Bart ihn an der Wade packte.

»BART!«

Das war Jamie Richters Stimme.

Barts Zwillingsschwester. Die Leadsängerin der schrecklichsten Garagenband, die Sam je gehört hatte. Sie nannten sich *Inhuman Phenomena* – unmenschliche Phänomene. »Sie hat die Stimme eines sterbenden Katers in einer verregneten Nacht«, hatte er in seiner Kritik für die Schulzeitung geschrieben.

Vielleicht war er zu hart gewesen.

Du hast einen Richter sabotiert. Die andere hast du beleidigt.
Na toll, Sam.
Da kommst du nicht mehr ungeschoren davon.
»Hiiil–« Der Schrei erstickte in Sams Kehle. Er hustete und spuckte.
Bart lockerte seinen Klammergriff. »Was zum –?«
Stolpernd wich Bart zurück. Er wischte sich Schleim aus dem Gesicht. Sams Schleim.
Tot.
Du bist erledigt.
»BART, DU BLÖDMANN!«
Jamies Schritte hallten. Sie kamen näher.
Bart drehte sich um. »WAS IST DENN?«, schnauzte er.
JETZT.
Sam sprang auf den Asphalt zurück. Beim Aufprall spürte er einen stechenden Schmerz in seiner Wange, die schon anschwoll.
Blitzschnell drehte Bart sich um und wollte sich auf ihn stürzen.
Doch Sam war bereits weg. Er raste über den Parkplatz.
»Sam?«, rief Jamie.
Er rannte auf den Gehweg zu.
»SAM, ICH MUSS MIT DIR REDEN!«
Jetzt waren ihm beide auf den Fersen.
Er rannte den Hügel hinunter, auf den *Rio de Ratas* zu, den »Fluss der Ratten«, ein bräunliches Gewässer am Stadtrand. Der Fluss hatte auch einen richtigen Namen, doch den wusste niemand mehr. Die Abwässer der Fabriken von Blue Mountain hatten das Gewässer schon vor langer Zeit verdorben. Jetzt standen

die Fabriken leer, doch der triste Anblick und der Gestank des Flusses waren geblieben.

Kurz vor dem Fluss befand sich ein Schutzzaun. Sam zwängte sich durch ein Loch, unter einem schiefen, ausgeblichenen Schild hindurch, auf dem die Worte BLUE-MOUNTAIN-INDUSTRIEGEBIET noch schwach zu erkennen waren.

Die untergehende Sonne verwandelte die Gänge, die sich zwischen den alten Backsteingebäuden hindurchschlängelten, in schwarze Löcher. Sams Schritte hallten dumpf auf dem rissigen Asphalt. Misstrauische Augen starrten ihn an, während er an Notunterkünften aus alten Brettern und Kartons vorbeirannte, die sich an den Häuserwänden entlang der beleuchteten Straße stapelten.

Wo ist es?

Er war schon lange nicht mehr in den Untersuchungslabors von *Turing-Douglas* gewesen. Seit seiner Kindheit nicht mehr. Doch sie würden ein perfektes Versteck abgeben.

Die Front Street entlang, dann rechts auf die Second.

Trotz seiner Panik stiegen die Erinnerungen wieder hoch. Wie er jeden Abend mit seinen Eltern in diese Gegend gekommen war. Die stickigen, feuchten Labore, in die seine Eltern ihn geschickt hatten, damit er seine Hausaufgaben machte, während sie arbeiteten. Die elektronischen Geräte über seinem Kopf, die piepsten und blubberten, während er versuchte sich zu konzentrieren. Doch es war vergeblich, weil da so ein Gefühl war, so ein komisches Gefühl –

Da drüben.
Als er um eine Ecke bog, entdeckte er den vertrauten vermoderten Carport für die Lastwagen. Die schmutzigen beigefarbenen, mit Graffiti übersäten Wände.
Die Fenster des Gebäudes waren dunkel. Vielleicht waren seine Eltern schon weg.
So ein Pech!
Gewöhnlich waren sie bis Mitternacht da. In letzter Zeit hatten sie wieder an einem »besonderen Regierungsprojekt« gearbeitet. Langsam kam Sam der Verdacht, dass es in Wirklichkeit gar keine Regierungsprojekte gab. Es waren nur Ausreden, um sich verdrücken zu können. Sie waren einfach lieber Wissenschaftler als Eltern.
Wo sind sie, wenn ich sie brauche?
Die Eingangstür war verschlossen. Sam rannte zur Ostseite des Gebäudes. In der zunehmenden Dunkelheit duckte er sich auf einer Kellertreppe.
Unter ihm raschelte etwas. Ein kleiner Schatten huschte die Treppe hinauf und verschwand in der Nacht.
Sam schreckte hoch und unterdrückte einen Schrei. Dabei schlug er mit dem Kopf gegen einen Betonvorsprung.
Einen Augenblick lang wurde alles um ihn herum schwarz. Er sank zu Boden.
Dann richtete er sich mühsam auf und wankte langsam die Stufen hinunter.
Unten hockte er sich neben ein verdrecktes Kellerfenster und wartete.

»HUGHES! ICH KRIEGE DICH!«

Bart.

Er war ganz in der Nähe, höchstens dreißig Meter entfernt.

Die Schritte wurden lauter. Sie kamen immer näher und blieben plötzlich stehen.

»IIIIIH!«, kreischte Jamie. »Ratten!«

Rühr dich nicht.

Bleib einfach, wo du bist.

»Es sind doch bloß *Tiere.*« Barts Stimme klang gelassen und spöttisch.

Doch Jamie hatte schon den Rückzug angetreten.

Einen Augenblick später tat Bart der Tapfere es ihr nach.

Ihre Schritte entfernten sich und es wurde still. Die einzigen Geräusche, die jetzt noch zu hören waren, waren das Rascheln der Blätter und Sams keuchender, trockener Atem.

In Sicherheit.

Er betastete seine geschwollene Wange. Sie tat sehr weh. Außerdem blutete er leicht.

Sam stand auf und stützte sich an der Wand des Treppenabsatzes ab.

Die Beule war schlimmer, als er gedacht hatte.

Sein Kopf fühlte sich ganz seltsam an. Als würde er sich ausdehnen. Als müsste Sam ihn festhalten, damit er nicht explodierte.

Und dann fiel es ihm wieder ein.

»Mom, können wir nicht endlich ge-e-e-hen?«

»Bist du mit deinen Hausaufgaben fertig, Liebling?«

»Ich habe Kopfweh!«

»Sam, wie kommt es, dass du ausgerechnet immer dann Kopfweh hast, wenn du deine Hausaufgaben machen sollst?«

Als Kind hatte er oft Kopfschmerzen gehabt. Schlimme Kopfschmerzen. Genau wie jetzt – als würde sein Kopf gleich explodieren.

Es ist dieser Ort. Hier geht es mir immer schlecht.

Als Sam die Treppe hinaufstieg, verspürte er einen plötzlichen Schmerz, der von innen gegen seinen Schädel drückte.

Seine Knie gaben nach. Er klammerte sich an das rostige Treppengeländer.

Mach bloß keinen Lärm.

Geh weiter.

Die Kopfschmerzen waren unerträglich. Vielleicht war es eine Migräne. Anscheinend hatte er den Steinvorsprung böse erwischt.

Er verzog das Gesicht und stieg noch eine Stufe hinauf.

Die Dunkelheit verwandelte sich in einen Vulkan aus Weiß, Grün und Rot. Als würde die Welt in einem Feuerwerk aufgehen.

Ihm war klar, dass er es nicht nach Hause schaffen würde. Nicht allein.

Er würde es noch nicht mal die Treppe hinauf schaffen.

Hilfe.

HILFE!

»Hilf mir ...«

Sam schrak zusammen.
Für einen Moment verschwand der Schmerz.
Die Stimme war von unten gekommen.
Aus dem Kellerfenster.

Ich verblasse immer mehr.

Du hast immer gewusst, dass es wieder passieren würde.

Bist du bereit?

Wofür?

Für deine Rückkehr.

2

»Hallo?« Sams Stimme war kaum zu hören.

Sein Herz klopfte laut.

Und seine Kopfschmerzen waren verschwunden. Zumindest für den Moment.

Er wusste, warum.

Der Schock. Eine natürliche Schutzwirkung. Durch Schock wird Suprarenin produziert, das die Adern zusammenzieht, den Schmerz ausschaltet, den Herzschlag stimuliert und elektrische Signale durch die Nervenenden sendet. Die Laborform von Suprarenin ist Adrenalin.

Er wusste das alles. Schließlich war er mit Wissenschaft großgezogen worden. Von Dad, dem Genie der künstlichen Intelligenz, und von Mom, der Professorin und anerkannten Wissenschaftlerin auf dem Gebiet der Neurobiologie.

Es erklärte, was in seinem Körper vorging.

Doch es erklärte nicht die Stimme.

Ganz ruhig. Reg dich ab.

Das ist bloß deine Fantasie.

Das sind nur deine eigenen Gedanken.

Und jetzt nutze den Adrenalinstoß und GEH.

Sam rannte die Treppe hinauf. Das dröhnende Pochen war wieder da.

Oben blieb er stehen und hielt sich den Kopf.
Er machte sich etwas vor, wenn er glaubte es allein nach Hause schaffen zu können.
Er musste seine Eltern jetzt finden.
Seid für mich da. Bitte seid da drin.
Er stolperte einen steilen Hügel hinunter, der zur Rückseite des Hauses führte, wo ein Flutlicht den Notausgang beleuchtete.
Ein Holzstück klemmte in der Tür, um sie offen zu halten. Keiner hatte sich die Mühe gemacht, sie zu schließen.
Er riss sie auf und schlüpfte hinein.
Sam blinzelte im fahlen grünlichen Lichtschein der Neonröhren. Er befand sich in einem Kellerflur. Der gebohnerte Holzboden und die hellgrauen Wände bildeten einen scharfen Kontrast zu der düsteren Fassade des Gebäudes.
»LABOR 10«, stand auf einem Schild über der ersten Tür.
Wo waren die Büros seiner Eltern? Er wusste es nicht mehr. Also ging er den Flur entlang und lauschte auf ein Lebenszeichen.
»Hiiilfe ...«
Sam erstarrte.
Die Stimme.
Sie war echt.
Und laut.
Er schaute in die Richtung, aus der sie gekommen war.
Eine Tür auf der linken Seite in der Mitte des Korridors.

Labor 6.
Sam ging darauf zu.
Als er Schritte hörte, blieb er stehen.
Zwei Leute am Ende des Flurs. Sie kamen näher.
Instinktiv wich er zurück.
An der Wand neben der Treppe lehnte ein klobiges elektronisches Gerät, das mit einer Segelplane zugedeckt war – vielleicht war es ein altes Spektrofotometer*.
Er rannte hin und versteckte sich dahinter.
Die Schritte kamen näher. Sie klangen hastig und nervös.
»Ich konnte ihn bis ans andere Ende des Gebäudes *hören*«, sagte Mrs Hughes.
»Tut mir Leid«, erwiderte Mr Hughes.
Mom?
Dad?
Sam atmete erleichtert auf.
Sie waren doch hier.
Gut, dass sie die Stimme gehört hatten. Der arme Kerl in Labor 6 musste sich aus Versehen eingesperrt haben.
Sam stand auf. Über den oberen Rand des Geräts hinweg konnte er sehen, wie sein Vater vor Labor 6 mit einer Magnetkarte herumfummelte.
Beide Eltern waren so damit beschäftigt, die Tür zu öffnen, dass sie ihn nicht sahen.

* Fotomessgerät, das die relativen Intensitätsstufen des Lichts in verschiedenen Teilen eines Spektrum misst.

»So etwas darf nicht wieder vorkommen«, sagte Mrs Hughes vorwurfsvoll. »Ich hab dir doch gesagt, er ist zu sensibel.«

»Es ist meine Schuld«, antwortete Sams Vater, während er die Karte in den Schlitz steckte. »Ich kümmere mich darum.«

Sie stießen die Tür auf und verschwanden im Raum.

Langsam trat Sam aus seinem Versteck und kam näher.

»Er ist zu sensibel«?

Aus dem Zimmer ertönte gedämpft Mr Hughes' leise Stimme: »Ist alles in Ordnung?«

»Ja«, antwortete die Stimme, die Sam hatte um Hilfe rufen hören.

Sie klang jung. Wie die Stimme eines Jungen in seinem Alter.

Sam beugte sich vor. Die Stimmen seiner Eltern waren schwer zu verstehen.

»Was ist passiert?«, fragte Mrs Hughes.

»Jemand ... hat versucht ... durchs Fenster einzusteigen«, antwortete die junge Stimme.

Diese Stimme kenne ich doch.

»Am Fenster ist niemand«, sagte Mr Hughes.

Mrs Hughes seufzte. »Wahrscheinlich ein Eichhörnchen. Es wäre nicht das erste Mal.«

»Ich sollte ihn wohl besser zum Schweigen bringen, was?«

Sam erstarrte.

»Das sage ich doch schon lange«, schimpfte Mrs Hughes. »Aber du hörst ja nie auf mich.«

»Also gut. Ich erledige das. Er wird keinen Laut mehr von sich geben, bis wir ihn brauchen.«

Was?

Sam duckte sich und machte sich ganz klein.

Ihm war schwindlig und er hatte Angst.

Es war nicht sein dröhnender Kopf oder die schmerzende Beule.

Es war das Geräusch – ein kaltes, hohles Klopfen.

Und die anschließende Totenstille, als seine Eltern den Raum verließen.

Sie haben es geschafft. Nach all der Zeit.

Nicht ganz.

Warum muss ich mich dann vorbereiten?

Weil du uns verlassen musst, wenn sie es geschafft haben.

Ich will euch nicht verlassen!

Du bist immer noch ein Mensch.

Und du wirst alles vergessen – wenn du nicht tust,
was wir dir sagen …

3

Ein Gefangener.
Mom und Dad haben einen Gefangenen da drin.
Hatten einen.
HABEN. Denk positiv. Schließlich lebt er noch, stimmt's?
WAS IST DA GERADE GESCHEHEN?

Sam blieb in seinem Versteck und lauschte.

Jetzt entfernten sie sich wieder über den Flur und stritten sich dabei leise.

Der Schmerz in Sams Kopf pulsierte heftig. Er versuchte sich zu konzentrieren.

Was hatte Dad mit *erledigen* gemeint?

Heilen. Zur Räson, zum Schweigen bringen.

Töten.

Sie sind Wissenschaftler. Er ist ein Spion.
Er ist ein politischer Gefangener.
Das ist ihr »besonderes Regierungsprojekt«.

Nein.

Das war unmöglich. Es machte keinen Sinn.

Seine Eltern waren im Grunde gute Menschen. Klar hatten sie ihre Schwächen. Sie arbeiteten zu viel und kümmerten sich nicht um ihren Sohn. Mom war still und schwer zugänglich. Dad war vergesslich und exzentrisch; vor dem Turing-Douglas-Projekt hatte er keine Stelle lange behalten können. Doch das war auch alles – sie waren nicht gemein und hatten nichts Böses getan. Sie waren gütig und liebevoll.

Das hört man in den Nachrichten immer, wenn sie einen Mörder erwischen. »Wir hätten es ihm nie zugetraut. So ein normaler, freundlicher, gütiger Mensch ...«

Sam verdrängte den Gedanken. Mom und Dad waren *Wissenschaftler.* Bei ihnen drehte sich alles um künstliche Intelligenz.

KI.

Sam erinnerte sich daran, wie Bart als Achtjähriger wie Frankenstein über den Rasen der Hughes geschwankt war und »KIIII!« gebrüllt hatte. So stellte sich Bart ein cleveres Wortspiel vor.

Doch alle anderen teilten das Klischee. Für alle Kinder in der Schule bedeutete künstliche Intelligenz Cyborgs* und Roboter und –

Worüber hat Jamie damals immer geredet? Die makabre Jamie, die ihre Barbiepuppen in »tragischen Unfällen« sterben ließ und dann Beerdigung spielte?

Menschen, die aus Körper- und Maschinenteilen zusammengebaut waren und in dunklen Lagerräumen eingeschlossen wurden – das war IHRE Vorstellung von dem, was in den Labors von Turing-Douglas passierte.

Lächerlich.

Aber war es das wirklich?

* Kunstwesen, bei dem in den Menschen technische Geräte eingebaut werden, um nicht ausreichend leistungsfähige Organe zu ersetzen oder zu unterstützen.

Sam schlich lautlos über den Flur. Er ging langsam, denn sein Kopf konnte keine plötzlichen Bewegungen aushalten.

Die Tür zu Labor 6 war fest verschlossen. Er umfasste den Türknopf und versuchte ihn zu drehen – falls Dad doch vergessen haben sollte abzuschließen. Das wäre typisch für ihn.

Doch der Knopf ließ sich nicht bewegen.

Sam klopfte an die Tür – erst leise und dann lauter.

»Hey«, flüsterte er, »ist jemand da drin?«

Keine Antwort.

Er lehnte sich mit der Schulter gegen die Tür und drückte dagegen.

Autsch.

Der Schmerz in seinem Kiefer und im Kopf war fürchterlich.

Er konnte es nicht noch einmal probieren. Noch ein Stoß, und sein Gehirn würde davonfliegen. Es würde durch die Tür krachen und seinen zusammengesackten Körper hinter sich zurücklassen.

Los. Verschwinde von hier.

Und dann? Hilfe holen? Es jemandem sagen? »Herr Polizist, meine Eltern experimentieren an einem Menschen, den sie in ein Labor eingesperrt haben?«

Verschwinde einfach.

Sam rannte. Den Flur hinunter. Wieder die Treppe hinauf. Nach draußen. Er unterdrückte den Schmerz. Er wusste, wenn er nur den leisesten Laut zuließ, nur den leisesten –

Unterdrücke ...

Ihn ...

Sam.

Und dann konnte er es nicht länger ertragen, er schrie und die Schreie schnitten durch ihn hindurch wie eine Kreissäge – immer und immer und immer wieder dasselbe Wort – er wusste nicht, was es war, und es war ihm auch egal. Denn es war, als würde er Gift ausspucken, als würde die Lautstärke der Schreie die Qual eindämmen, die ihn blind machte, während er durch leere, unbarmherzige Straßen rannte, weg von dem Gebäude, weg, bloß weg –

Er bog um eine Ecke und stürzte in eine dunkle Gasse *(nach Hause, bring mich bloß auf die Straße, die nach Hause führt)*. Seine Füße platschten im Rinnsal einer nicht identifizierbaren Flüssigkeit, als er fremde Schritte hörte *(wo?)*, die näher kamen, und er versuchte innezuhalten, stehen zu bleiben. Doch er bewegte sich zu schnell und tauchte aus der Gasse in den blassen runden Lichtschein einer Straßenlampe, wo er mit einer dunklen Gestalt zusammenstieß.

Schnell. Beginne mit dem Prägungsprozess.

Aber ich fühle mich wieder stärker.

Konzentriere dich.

Bitte. Ich gehöre hierher.

4

»AAAAAAHHH!«

Sam prallte zurück. Im fahlen Licht erkannte er das magere, düstere Gesicht seiner Angreiferin.

»Jamie?«

»Deinetwegen habe ich gerade meinen Rucksack fallen lassen!«, rief Jamie und hob ihren schwarzen Ledersack auf. »Warum schreist du so?«

»Du hast mir Angst eingejagt.«

»Du hast schon geschrien, *bevor* du mich gesehen hast.«

»Mein Kopf ...«

»Was ist denn passiert? Hat Bart dich geschlagen? Gut so. Hat er einen Zahn erwischt? Vielleicht hat er dir ein bisschen Vernunft eingebläut?«

»Ich – ich muss gehen«, stotterte Sam und ging weiter.

»Das glaubst *du*.« Jamie lief neben ihm her. Durch das Licht über ihrem Kopf wirkten ihre Wangen eingefallen.

Wie bei einem Totenkopf.

Tagsüber *arbeitete* sie daran, so auszusehen, indem sie sich bleich schminkte – rabenschwarze Lippen und Augenbrauen, dazu weißes Make-up.

Doch heute Abend brauchte sie all das nicht.

»Bitte –«, fing Sam an.
»Deine Rezension war total daneben«, sagte Jamie. »Weißt du eigentlich, was *Stil* bedeutet, Sam? Oder *Biss*? Hast du dir jemals Musik angehört, die moderner ist als die Beatles?«
»Nicht jetzt, Jamie. Das ist nicht der richtige Zeitpunkt.«
»Und dann machst du auch noch meinen Bruder fertig. Hast du der Familie Richter den Krieg angesagt oder was? Was kommt als Nächstes? Wirst du das Geschäft meiner Mutter zerstören?«
»JAMIE, HÖRST DU BITTE AUF DAMIT? ES INTERESSIERT MICH NICHT!« Sam lehnte sich gegen eine Wand. Schreien war schlecht. Schreien tat weh. »Geh einfach weg, okay?«
Jamie kam näher und betrachtete ihn argwöhnisch.
»Du täuschst die Kopfschmerzen doch nicht etwa vor, oder?«
Sam schüttelte den Kopf.
Sie zog ihn von der Wand weg.
Sam verzog das Gesicht. »Hör zu, wenn du mich zu Bart bringen willst –«
»Der ist wahrscheinlich längst zu Hause. Er hat das Gedächtnis einer Fruchtfliege. Ich kann nicht glauben, dass er dich wirklich so verletzt hat. Er muss echt sauer auf dich gewesen sein. Komm schon.«
Sie entfernten sich von Turing-Douglas. »Es war nicht nur Bart«, sagte Sam. »Ich habe mir den Kopf gestoßen. Als ich mich hinter dem Labor versteckt habe.«
»Was wolltest du *dort*?«

»Meine Eltern arbeiten da, hast du das vergessen?«

»Na und? Ich dachte, du gehst da nie hin. Ich habe mich wohl geirrt. Kein Wunder, dass dein Gehirn verkorkst ist.«

»Was soll das heißen?«

»Du weißt doch. Die Bakterien.«

»*Welche* Bakterien?«

»Also ich glaube einfach nicht, dass du das nicht *weißt* – vielleicht *verdrängst* du es auch bloß –, der Ort ist von genetisch veränderten Viren und so verseucht. Das weiß doch jeder. Die Leute, die dort arbeiten, übertragen lauter komisches Zeugs auf ihre Kinder. Durch die Gene.«

»Danke für die Mitteilung.«

»Also, was ist mit Kevin?«

»Was für ein Kevin?«

»Äh, *wie* bitte? Der Typ, dessen Namen du gerade geschrien hast?«

Sam sah sie verständnislos an. »Ich kenne keinen Kevin.«

»Es klang aber schwer danach.«

»Vielleicht hast du was anderes gehört. Ich habe nicht Kevin gesagt.«

Jamie verdrehte die Augen. »Ach, jetzt höre ich also schlecht? Das passiert Leuten in einer Rockband, stimmt's? Weil die ja doch bloß Krach machen –«

»*Das* habe ich nie gesagt –«

»Du bist genau wie mein Dad. Der *blickt* es auch nicht. Bist du sicher, dass du nicht fünfundvierzig oder so bist?«

Sam holte tief Luft. Er atmete den süßlichen Rauch eines Kaminfeuers ein, der aus einem Haus in der Ravensburg Avenue kam. Jamie und er verließen nun das Industriegebiet; um sie herum die Silhouette eines vertrauten Vororts.

Sie hilft dir. Trotz allem, was du ihr angetan hast.

Sei netter zu ihr.

»Okay, ich weiß nicht genau, was ich gesagt habe«, gab Sam zu. »Es waren nicht bloß Kopfschmerzen. Es war viel stärker – eine Migräne oder so etwas. Noch schlimmer. Wie wenn man eine Zeit lang verrückt wird. Ich hab komische Dinge gehört.«

»Komische Dinge?« Jamies Miene hellte sich auf. »Was denn?«

»Stimmen, du weißt schon.«

»Wie ein Stöhnen?«

»So ungefähr.«

»Ein Hilferuf?«

»Na ja ... genau. Woher –?«

»Davon habe ich schon gehört«, sagte Jamie aufgeregt. »Die führen da unten Experimente an Menschen durch. Sie züchten Mutanten* in Reagenzgläsern. Zerstückeln Leute und setzen die Teile wieder zusammen –«

»Jamie, das ist lächerlich.«

»Woher willst du das wissen?«

»Glaubst du nicht, dass meine Eltern mir das sagen würden –?«

* Durch künstliche Veränderung des Erbguts erzeugte Individuen.

»Äh, wie bitte? Wach auf, Sam, wir leben im 21. Jahrhundert. Das ist alles streng geheim. Es sind Regierungsprojekte.« Jamie zog eine zerfledderte Zeitschrift aus ihrem Rucksack. »Sieh dir das an.«
Sie blieb unter einer Straßenlaterne stehen. Sam warf einen Blick auf die Titelseite:

Professor Phlingus' Gruft der verrückten Phänomene
Nur für starke Nerven

Während Jamie die Zeitschrift durchblätterte, sah Sam auf jeder Seite unheimliche, bizarre Fotos – DREIJÄHRIGER MIT ECHTEM BART!!! ... LERNT MR SPEX KENNEN, DEN MANN MIT VIER AUGEN!!! RETTET DIESEN GRAUWOLF – ER IST EIN MENSCH!!! ... WIRKLICH VON DIESER ERDE? EURE MEINUNG IST GEFRAGT!!! – mit düster wirkenden Bildern und hysterischen Texten, die zu den sensationslüsternen Schlagzeilen passten.
Sam stöhnte. »O nein.«
»Warte! Vergiss die erste Hälfte. Das ist alles dummes Zeug. Aber sieh dir das hinten an – diese Rubrik: ›Wahre wissenschaftliche Phänomene – für die Massenmedien ein zu heißes Eisen‹. Das muss man *wissen*. Das ist die Zukunft unserer Welt. Und jetzt sag ich dir was, damit du es verstehst, und wenn du lachst, bringe ich dich um – darum geht es auch in meinen Liedern. Das ist die wahre Inspiration für *Inhuman Phenomena*.«

»*Das* Zeug hier? Zirkusfreaks?«

»Regierungsverschwörungen. Kontrolle über den Verstand. Lies es einfach. *Dann* können wir uns darüber unterhalten.«

Sie faltete die Zeitschrift zusammen und steckte sie in Sams Hosentasche.

Das Magazin war Schwachsinn. Es war ihm peinlich.

Regierungsverschwörungen.

Das war immer die Ausrede für Dinge, die die Menschen sich nicht erklären konnten. Entführungen durch Außerirdische. Epidemien. UFOs.

Wenn etwas zweifelhaft war, war die Regierung daran schuld.

Aber du hast dasselbe getan, Sam.

Vorhin im Keller von Turing-Douglas. Du hast an Spione und politische Gefangene gedacht.

Sam sog die rauchige Herbstluft ein. Er war jetzt ein gutes Stück weg von dem Labor. Er konnte wieder klarer denken.

Sei nicht hysterisch, Sam. Wenn du darüber nachdenkst, wirst du feststellen, dass es eine Erklärung geben muss.

Epidemien sind Zufall. Wetterballons sehen aus wie fliegende Untertassen. Im Trinkwasser sind keine Drogen, die den Verstand kontrollieren. Und im Keller von Turing-Douglas gibt es keine eingesperrten Mutanten.

»Weißt du, für das meiste gibt es eine logische Erklärung«, sagte Sam.

»Warum ist es dann so geheim?«, fragte Jamie beharrlich. »Warum dürfen deine Eltern dir nicht sagen, was sie machen?«

»Das tun sie ja – na ja, zum Teil. Sie arbeiten an einer elektronischen Kopie des menschlichen Gehirns.«

»*Siehst du?* Deswegen haben sie Leichen und lauter solches Zeug da unten.«

»Nein, Jamie. Es ist langweilig und mechanisch. Es hat was mit *Schaltern* zu tun. Das Gehirn hat Nervenenden, die wie Schalter funktionieren. Wenn man denkt – wenn man fühlt –, dann fließen durch Milliarden von diesen Schaltern elektrische Strömungen in komplizierten Mustern. Wenn man also diese Muster herstellt –«

»Baut man ein Gehirn nach.«

»Und das machen meine Eltern. Sie arbeiten an einem Schaltplan.«

»Und?«

»Und was?«

»Und was noch? Sie müssen doch noch mehr machen. Was die schreienden Stimmen erklären würde –«

»Jamie –«

»Sam, stell dich nicht dumm. Was du gerade beschrieben hast – die Schalter –, ist jedem bekannt. Ich habe in *Professor Phlingus* davon gelesen. Deine Eltern haben dir aber nicht den *geheimen* Teil verraten. Das *dürfen* sie nicht. Du siehst nicht das, was auf der Hand liegt.«

»Und was ist das?«

Ungeduldig stieß Jamie die Luft aus. »Okay, sie stellen also einen Schaltplan her. Sie bauen sogar ein Gehirn nach. Und dann? Woher wissen sie, ob es funktioniert? Nehmen wir mal an, das Gehirn ist darauf programmiert, zu sehen. Dann braucht es Augen, stimmt's? Sagen wir mal, das Gehirn kann Wut empfinden. Woher *weiß* man das, wenn es keinen Mund hat, um es einem zu sagen? Es braucht menschliche Körperteile, Sam!«

»Na ja, so kann man es wohl auch betrachten.«

»Wie kann man es *sonst* betrachten?«

Jamie schwieg, während sie Sams Straße entlanggingen.

Das Gehirn braucht einen Körper.

(»Hiiilf mir ...«)

Sam versuchte die Erinnerung an die Stimme zu verdrängen. Sie quälte ihn immer noch.

Es musste eine Möglichkeit geben, mehr darüber herauszufinden.

Jetzt tauchte Sams Elternhaus auf. Sein viktorianischer Giebelturm thronte über den Dächern der ansonsten niedrigen Nachbarhäuser im Ranch-Stil.

Das Turmzimmer. Der Computer von Mom und Dad.

Der Turm war ihr Arbeitszimmer. All ihre Unterlagen waren dort im Computer gespeichert. Sam durfte das Zimmer nicht betreten und er hatte es auch noch nie versucht.

Vielleicht könnte er einfach hinaufgehen. Vielleicht hatte Dad in seiner gewöhnlichen Geistesabwesenheit vergessen abzuschließen ...

»Sam?«, fragte Jamie. »Du bist so still. Geht es dir wieder schlechter?«

»Eigentlich geht es mir wieder gut.«

Als sie den Weg zu Sams Haus hinaufliefen, klopfte Jamie auf die Zeitschrift in seiner Hintertasche. »Gib sie mir morgen in der Schule zurück. Und zeige sie niemandem.«

Na super. Sie muss mich nach Hause bringen. Meine Nachbarn sehen, wie Ms Totenkopf mich nach Hause bringt und mir den Hintern tätschelt –

»In Ordnung«, sagte Sam kurz. »Tschüs.«

Jamie lächelte. »Freut mich, dass es dir wieder besser geht.«

Sofort bekam Sam ein schlechtes Gewissen, weil er so abschätzig über sie gedacht hatte. »Okay. Danke, Jamie.«

Er drehte sich um und steckte den Haustürschlüssel ins Schloss.

Erst als die Tür offen war, entdeckte er den Schatten hinter dem Azaleenbusch.

»Jetzt können wir zur Sache kommen«, sagte eine tiefe Stimme.

Es war Bart.

VERÄNDERTER WATCHER-STATUS

Stadium: I
Herkunft: Erde
Gegenwärtiger Status: Dauerhaft
Neuer Status: Physischer Transfer
Datum der Rückkehr: Unbekannt
Grund: Unbekannt
Prägung: Hat begonnen

5

»Hör zu, Bart, es tut mir Leid.« Sam wich ins Haus zurück und versuchte die Tür zuzuschlagen. Er hatte schon die Schlagzeile von morgen vor Augen: ACHTKLÄSSLER IM EIGENEN ELTERNHAUS ÜBERFALLEN ... HAUSAUFGABENSKANDAL MIT TÖDLICHEM AUSGANG ... COMPUTERVIRUS FÜHRT ZU GEWALTTAT. »Wirklich. Ich verspreche dir, dass ich mit Mr Antonelli reden werde. Ich rufe ihn an. Jetzt gleich, okay?«

Bart sprang auf die Veranda und blockierte die zufallende Haustür mit seinem Arm. »Zu spät, Kumpel –«

»Siehst du denn nicht, dass Sam krank ist, du Dreckhaufen?«, brüllte Jamie.

»Ach, ihr beide seid also ...?« Bart hob und senkte die Augenbrauen.

»NEIN!«, gab Sam bissig zurück.

»Was machst du überhaupt hier?«, fragte Jamie.

»Es geht nicht darum, was ich mache, sondern was ich machen *werde.*« Bart sah Sam direkt in die Augen. »Darf ich reinkommen?«

»Na toll, Bart – verwüste sein Haus«, schnauzte Jamie in bissigem Ton. »Sicher werden Sams Eltern keinen Verdacht schöpfen.«

»Sind sie etwa *nicht* da?«, fragte Bart grinsend.
Sam warf Jamie einen Blick zu. »Herzlichen Dank.«
Bart bahnte sich schon seinen Weg ins Wohnzimmer.
»Hey!«, rief Sam.
»Keine Angst, er ist ein Feigling«, sagte Jamie.
»Wohin gehst du?«, fragte Sam und folgte Bart durchs Haus.
Bart ging zur Treppe und begann zwei Stufen auf einmal zu erklimmen. »Ich suche dein Zimmer.«
»Aber das ist –« Sam unterbrach sich, bevor er *im Erdgeschoss* sagen konnte.
Bart marschierte durch das Elternschlafzimmer im ersten Stock; dann ging er auf das Gästezimmer zu.
Während Sam ihm hinterhereilte, rannte Bart auf die wacklige Treppe zu, die in den Turm hinaufführte.
In das Arbeitszimmer seiner Eltern.
»Das ist nicht mein Zimmer, Bart!«, rief Sam und hastete zum unteren Absatz der Turmtreppe. »Da darf noch nicht mal *ich* rein!«
Aber Bart drehte schon am Türknopf.
Du hast doch die Tür zugeschlossen, Dad? Du warst doch nicht geistesabwesend. Nicht heute.
Die Tür schwang auf.
Sam rannte die Stufen hinauf. »Nein! Bitte nicht! Das ist das Arbeitszimmer meiner Eltern! Da sind alle möglichen Unterlagen drin, die mit der nationalen Sicherheit zu tun haben.«
»Cool.« Bart saß schon am Computer und steckte eine Diskette in den Schlitz. »Wahrscheinlich wer-

den sie sauer sein, weil ihr Sohn in ihren Sachen rumgeschnüffelt hat.«
»Ich sag ihnen –«
»Nicht, wenn dir dein Leben lieb ist.«
»Der Virus zerstört keine Dateien!«, stieß Sam aus. »So hoch entwickelt ist er nicht.«
Bart grinste. »Warum bist du dann so nervös?«
Weil ich mich irren könnte.
Weil es EWIG dauern wird, die Dateien wiederherzustellen, selbst wenn ich mich nicht irre.
WEIL ICH EIN IDIOT WAR BART DIE DISKETTE ÜBERHAUPT ZU GEBEN.
Jetzt blinkte der Monitor. Dann erschien eine Nachricht:

Mmmm! Ich habe Hunger!

Macht es dir was aus, wenn ich mir ein paar BITS nehme?

Sam wurde blass. Das hatte *er* geschrieben. Es war für Bart bestimmt gewesen.
Codes flimmerten über den Bildschirm – Warnsignale und sinnloser Quatsch.
»JA-A-A-AMIIEEEEE!«, brüllte Sam.
Jamie kam die Treppe heraufgerannt. »Was macht er da?«
»Mach, dass er aufhört!«, bat Sam. »DIR wird er nicht die Fresse polieren!«

Beide stürzten sich auf Bart. Sie packten ihn bei den Schultern und zerrten ihn weg.
Er wälzte sich grinsend auf dem Boden, als eine weitere Nachricht auf dem Monitor erschien:

RÜÜÜÜÜLPS!

Das hat gut geschmeckt!

Sorry, alles weg!

Jetzt muss ich mich wohl selber auffressen.
UND TSCHÜS!

Als der Bildschirm schwarz wurde, grölte Bart vor Lachen. »Jetzt sind wir wohl quitt, was?«
»Du gemeiner Hund«, zischte Jamie.
Sam ließ sich auf den Schreibtisch sinken. »Meine Eltern bringen mich um.«
Laut gähnend stand Bart auf und ging zur Tür. »Das erspart mir dann wohl die Drecksarbeit.«

Lasst uns anfangen.

Kann ich nicht ablehnen – und einfach hier bleiben?

Dann mischst du dich in ihre Angelegenheiten.

Sie mischen sich doch auch in unsere.

Aber wir dienen ihnen.

Bitte. Es ist ganz einfach. Wir richten die Frage an deinen Langzeit-Gedächtnis-Quadranten.

Und dann antwortest du.

MAN NENNT UNS ...

Ich wiederhole. MAN NENNT UNS ...

Watchers ...

6

WIEDERHERSTELLEN ...

➡ SCHALTPLAN IN GRÖSSE DES GEHIRNS ...

➡ ZEREBRALE NERVEN-SCHALTKREISE ...

➡ SYNTHETISCHES OBERHAUTGEWEBE ...

Sams Finger flogen über die Tastatur.

Er wusste zwar nicht, was die Dateinamen bedeuteten. Doch sie wurden alle wiederhergestellt. Alle.

»Bist du fertig?«, rief Jamie hinter ihm.

»Geh nach Hause«, brummte Sam.

»Undankbarer Kerl.«

Eine Wagentür schlug in der Auffahrt zu.

Sam sprang vom Stuhl auf. Er rannte an das einzige Fenster im Turmzimmer. Es war fast blind vor Schmutz, doch er konnte die Umrisse seiner Eltern erkennen, die gerade aus dem Auto stiegen.

Blitzschnell drehte er sich um und sah Jamie zum ersten Mal an, seit er damit angefangen hatte, die

Computer-Dateien wiederherzustellen. Sie saß auf dem Boden und wühlte in Papieren, die in einem Aktenschrank lagen. Sie hatte Mrs Hughes' alte Baskenmütze aufgesetzt und ein Batik-T-Shirt angezogen, das schon ewig auf dem Kleiderständer hing. Dazu hatte sie einen dicken schwarzen Ledergürtel umgebunden, den Sam noch nie gesehen hatte. »JAMIE, HÄNG DIE KLAMOTTEN WEG UND VERSCHWINDE VON HIER!«

Sam hatte keine Zeit für eine Auseinandersetzung. Er rannte hinunter, durchs Haus und nach draußen.

Seine Eltern kamen ihm schon im Vorgarten entgegen.

»Hallo, ihr!«, sagte Sam. »Wie GEHT'S euch?«

Zu laut. Benimm dich nicht so auffällig.

»Erschöpft«, sagte sein Vater. »Es war eine ziemlich lange Woche.«

Mrs Hughes starrte auf seine Wange. »Sam, hast du dich geprügelt?«

»Ich bin hingefallen ... in der Turnhalle.«

»Du bist auf die Wange gefallen?«, fragte Mr Hughes.

»Klingt so, als würde mit deinen Schädelnerven etwas nicht stimmen«, sagte Mrs Hughes.

»Nein! Mir geht es gut«, beharrte Sam. »Ehrlich.«

»Na ja, vielleicht bist du einfach übermüdet«, sagte Mrs Hughes. »Ich gehe gleich zu Bett. Du solltest auch schlafen gehen.«

»Zu Bett?« Sam stellte sich vor seine Eltern. Er warf einen Blick auf das Turmzimmer, aus dem ein sanfter Lichtschein fiel. »Wartet! Geht noch nicht rein!

Schließlich ist es ein herrlicher Abend. Ich wollte gerade spazieren gehen. Kommt ihr mit? Wir sind schon lange nicht mehr spazieren gegangen.«

»Wir gehen nie spazieren«, sagte seine Mutter.

Mit einem lauten Knall fiel die Haustür ins Schloss. Sam drehte sich hastig um. Jamie kam aus dem Haus. Ohne Mütze. Ohne Batikhemd. Ihre schwarzen Stirnfransen fielen ihr in die Augen, während sie »Hallo« murmelte.

»Jamie Richter?«, fragte Mrs Hughes.

Mrs Hughes sah Sam mit hochgezogenen Augenbrauen an. Mit einem Blick, der sagte: *Ich wusste gar nicht, dass du dich für Mädchen interessierst.*

»Wir haben ... zusammen Hausaufgaben gemacht«, improvisierte Sam.

»Ja«, sagte Jamie nicht sehr überzeugend.

»Oooh, der *Gürtel* ist toll!«, sagte Mrs Hughes. »Vor Jahren hatte ich auch mal so einen.«

Der Gürtel. War ja klar, dass sie etwas vergessen MUSSTE ...

Verwirrt schaute Jamie an sich herunter.

»Also bis später, Jamie!«, stieß Sam hervor und lief ins Haus zurück. »Mom, Dad, kommt endlich!«

»Kein Spaziergang, Sam?« Mr Hughes grinste seiner Frau verschwörerisch zu.

Mrs Hughes zog Sam sanft zurück. »Warum verabschiedest du dich nicht richtig von deiner Freundin?«

»Wie – na ja, ich –«

»Macht nicht zu lange«, säuselte Mrs Hughes und ging mit ihrem Mann ins Haus.

Als sich die Haustür hinter ihnen schloss, brach Jamie

in lautes Gelächter aus. »Sie glauben, dass wir – du und ich –«

»DAS IST ÜBERHAUPT NICHT WITZIG!«, sagte Sam gereizt. »Die Hälfte ihrer Dateien fehlt immer noch – und du hast Moms Gürtel geklaut!«

»Und tschüs, Sam«, sagte Jamie und ging davon.

Sam sah, dass ihr Rucksack offen stand. »Einen Augenblick mal. Was hast du sonst noch da drin?«

Hastig drehte Jamie sich um. »Nichts.«

»Zeig es mir.«

»Das geht dich gar nichts an.«

»Euer nächstes Konzert ist doch am Sonntag, stimmt's? Vielleicht komme ich mit Stift und Schreibblock vorbei.«

Jamie sah ihn erbost an. Missmutig nahm sie den Rucksack ab und hielt ihn Sam hin.

Mit einem Ruck zog er das Batikhemd heraus. Dann eine weiße Gruselperücke, die noch von Halloween übrig war. Einen schwarzen Kajalstift und ein marmoriertes Notizbuch.

»Nichts davon werden sie *vermissen*«, sagte Jamie.

Doch Sam hörte nicht zu.

Er hielt das Notizbuch schräg, so dass das Licht der Veranda auf den Deckel fiel. Auf das Etikett hatte Dad in krakeliger Handschrift einen Namen geschrieben.

Kevin Hughes.

WIR SIND ...

... die Berater und Beschützer der Wirklichkeiten.

WIR LEBEN IN ...

... der zehnten Schwingung,
welche die neun inneren Dimensionen umgibt.

EINSCHLIESSLICH ...

... zeitgleicher Parallelwelten und der Reiselöcher
entlang des Raum-Zeit-Kontinuums.

Beeilt euch ...

7

»Das hast du geschrieben, stimmt's?«, fragte Sam.

Jamie sah über seine Schulter auf das Gekritzel. »Niemals. Wer ist dieser Renin Hugges?«

»Kevin Hughes«, sagte Sam.

»Also kennst du *doch* einen Kevin – und er ist sogar *verwandt* mit dir?«

»Nein!«

Sam schlug das Buch auf. Die erste Seite war auf den 28. 9. datiert – das Datum von gestern.

Er versuchte zu entziffern, was darunter stand:

Labor 6

Schaltkreise: 1111001110–1011111011 OK

Übertragene neurologische Teilchen: komplett (ENDLICH!)

Übertragung funktioniert: ✔

Schrank

Epitheliale Elastizität: OK

Simulation der Flüssigkeitstemperatur: 36.8° C (geschätzt)

Atemgerät: ✔

Ungefährer Zeitraum bis zur Vollendung: 1 Monat

»Was für eine Sprache ist denn das?«, wollte Jamie wissen.

»Das Deutsch von meinem Dad«, antwortete Sam.

»Was steht da?«

»Woher soll ich das wissen? Niemand kann seine Schrift lesen.«

Sam blätterte die erste Seite um. Der Rest des Buches war leer.

»Vielleicht heißt dein Vater in Wirklichkeit Kevin«, sagte Jamie. »Und er hat es dir bloß nie gesagt.«

»Das ist doch total bescheuert.«

»Oder er führt ein Doppelleben –«

»Als Wissenschaftler, der über seine Experimente Buch führt? Das ist auch nicht anders als sein erstes Leben.«

»Oder vielleicht ist ›Kevin Hughes‹ nicht dein Dad. Vielleicht ist er ein verschollener Cousin.«

»An dem Dad ein Experiment durchführt?«

Jamie dachte einen Augenblick nach. »Kevin ist nicht allzu helle. Es ist ihm peinlich, sich in der Öffentlichkeit zu zeigen. Deshalb versucht dein Vater ihm etwas künstliche Intelligenz zuzuführen.«

Sam schlug sich an die Stirn, als sei ihm gerade ein Licht aufgegangen. »Und er ist in Labor 6 eingeschlossen – und schreit um Hilfe! Klar, *der* war's, den ich gehört habe.«

»Sam, du könntest auf einer echt heißen Spur sein«, sagte Jamie.

Idiotisch.

Total hirnverbrannt.

Die ist genauso doof wie ihr Bruder.

»Vielleicht warst du gar nicht so durcheinander, wie ich gedacht habe«, sagte Jamie. »Du hast die Stimme wirklich gehört.«

»Hab ich nicht. Ich hatte Migräne.«

»Du hast seinen Namen gerufen. Du hast ›Kevin‹ gerufen. Irgendwoher hast du seine geheime Identität gekannt!«

»Ach? Und woher?«

»Das weiß ich nicht. Leute haben Gedächtnisschübe. Vor allem wenn sie Schmerzen haben.« Jamie zeigte auf die Zeitschrift in Sams Hosentasche. »Lies es nach. Ein Typ wurde auf einen Planeten entführt, wo er elf Jahre lang unter außerirdischen Schäfern lebte, die vorher sein Gedächtnis ausgeschaltet hatten, und –«

»Genial, Jamie. Hochinteressant. Kann ich jetzt ins Bett gehen?«

Jamie warf ihm einen vernichtenden Blick zu. »Vergiss bloß nicht das Glas warme Milch und die Kekse.«
Als sie sich abwandte, steckte Sam das Notizbuch in seine Hemdtasche und ging ins Haus.
Drinnen war alles still. Mr und Mrs Hughes waren schon oben.
Bitte, bitte nicht ins Turmzimmer.
Nein. Da wären sie nicht hingegangen. Dazu waren sie zu müde. Gewöhnlich gingen sie nach der Arbeit sowieso nicht mehr dort hinauf. Nur an den Wochenenden und früh am Morgen.
Sam schlich sich auf Zehenspitzen in sein Zimmer. Er hörte, wie seine Eltern sich oben fürs Schlafengehen zurechtmachten. Wenn er jetzt ins Turmzimmer hinaufging, würden sie das Knarren der alten Treppe hören.
Sam schloss die Tür seines Zimmers hinter sich, holte vorsichtig das Notizbuch heraus und versteckte es unter der Matratze. Als er eine Tür ins Schloss fallen hörte, zuckte er zusammen, doch es war nur das Badezimmer im Obergeschoss. Er hörte seinen Vater im Bad laut gähnen.
Sam ging in sein eigenes Bad, um sich zu waschen. Als er an der Küche vorbeikam, warf er einen Blick auf die Uhr am Herd, die in der Dunkelheit leuchtete – es war 23:17 Uhr.
Sein Magen knurrte leise. Ihm fiel ein, dass er noch nicht zu Abend gegessen hatte. Er hatte einen Mordshunger.

Also ging er zum Kühlschrank und öffnete die Tür. Oben gurgelte sein Vater gerade zur Melodie von »If I Were A Rich Man«.

Er singt. Als wäre heute Abend nichts Ungewöhnliches passiert. Nur ein normaler Arbeitstag.

War denn etwas Ungewöhnliches passiert?

Was genau hatte Sam gesehen?

Was hatte er gehört?

Eine Stimme, die um Hilfe rief.

Mom und Dad, die den Flur entlanggerannt sind.

Dann hatte Sam sich hinter dem Gerät versteckt. Er hatte gehört, wie seine Eltern mit jemandem redeten – mit wem?

Dem Gefangenen?

Vorhin schien die Vorstellung viel mehr Sinn zu ergeben. Doch bei seinen Kopfschmerzen hätte er sogar blaue Elefanten für möglich gehalten, die einen Stepptanz im Flur aufführten. *Denk nach, Sam.*

Was wäre, wenn sich jemand aus Versehen im Labor eingeschlossen hätte – ein junger Wissenschaftler, ein Forscher oder ein Arbeiter? Der Typ hatte Sam draußen gehört und um Hilfe gerufen. Mom und Dad hatten die Stimme gehört und die Tür aufgeschlossen.

Die seltsame Unterhaltung – das ganze Zeug, wie sie den jungen Mann zum Schweigen bringen würden und dass er »zu sensibel« sei – hatte Sam vielleicht bloß falsch verstanden. Die Stimmen waren gedämpft und leise gewesen.

Sie waren weiter vorne auf dem Flur. In einem geschlossenen

Raum. Durch fünfzehn Meter und eine dicke Wand von mir getrennt.
Es konnte auch bloß ein Scherz gewesen sein – dass seine Eltern so taten, als seien sie Bösewichte, um den Typen zu veräppeln. Sie hatten manchmal einen so ätzenden Humor.
Okay, sie befreiten ihn also und gingen wieder an ihre Arbeit. Ganz einfach.
Aber sie waren ohne einen Dritten weggegangen. Sie waren nur zu zweit gewesen.
Waren sie das wirklich?
Vielleicht doch nicht. Sam hatte sie nicht gesehen. Er hatte sich hinter dem Gerät versteckt. Er hatte sie nur gehört.
Es konnten auch drei Paar Schritte gewesen sein: Moms, Dads und die des anderen auf dem Weg zurück zur Arbeit.
Seufzend holte Sam eine weiße Schachtel mit den Überresten einer chinesischen Mahlzeit heraus. Er stellte sie auf den Tisch und öffnete sie.
Gebratenes Huhn.
Mit Haaren.
Sam musste würgen. Der grünlich weiße Schimmel ließ das Hühnerfleisch wie ein bizarres wissenschaftliches Experiment aussehen.
Typisch.
Lebensmittel blieben bei ihnen oft wochenlang unbemerkt liegen.
Wie alles andere in diesem Haus.
Sam warf die Reste in den Mülleimer.
Was war so wichtig, dass sie immer so lange im Labor

blieben? Hatte es etwas mit dem Notizbuch zu tun? Was hatte es überhaupt mit dem Notizbuch auf sich?

Wer ist Kevin?

»Sam?«

Die Stimme seiner Mutter schreckte ihn auf. »Ja?«

»Liebling, was ist los?«, fragte sie und kam in die Küche. »Kannst du nicht schlafen?«

»Nein.« Sam lächelte gezwungen. »Kopfschmerzen, du weißt schon. Nichts Ernstes.«

»Die könnten durch den Sturz verursacht worden sein.«

»Den Sturz?«

»In der Turnhalle. Als du dir den Kiefer gestoßen hast.«

»Ach ja, *der* Sturz.«

Mrs Hughes griff in den Kühlschrank und holte die Milch heraus.

»Riech erst daran, okay?«, warnte Sam sie.

»Die haben wir erst gestern gekauft.« Während sie zwei Gläser einschenkte, wirkte sie wie in Gedanken versunken. »Also, wann haben die Kopfschmerzen angefangen, Sam?«

»Äh ... nach der Schule.«

»Ist der Schmerz schlimm?«

»Ich glaube schon.«

»Das ist nicht typisch für dich. Du hast keine Kopfschmerzen mehr.« Während Mom die beiden Milchgläser auf den Tisch stellte, sah sie ihn mit einem Blick an, der ausdrückte: *Du sagst mir nicht die ganze Wahrheit.* »Sam, wo warst du heute nach der Schule?«

Sam reimte sich rasch eine Geschichte zusammen. »Mein Kiefer? Das war kein Sturz in der Turnhalle. Bart und ich haben uns geprügelt. Ich bin weggerannt. Doch er hat mich bis ins alte Industriegebiet verfolgt –«

»Du warst also in der Nähe von Turing-Douglas? Und bist nicht zu uns reingekommen?«

»Na ja, ich – ich wollte es. Aber die Tür war zugeschlossen. Also ... hab ich mich vor Bart versteckt ... und dann bin ich weggelaufen.«

»Aber du warst in der Nähe des Gebäudes – und dann hast du die Kopfschmerzen bekommen?«

»Genau!«

»Hast du dich vielleicht in der Nähe der Kellerfenster versteckt?«

Sam schluckte schwer. »Ja.«

Seine Mutter nickte langsam und trank einen Schluck Milch. »Sam, weißt du noch, als du klein warst und dich in den Turing-Douglas-Labors so komisch gefühlt hast – damals, als wir mit dem Projekt anfingen?«

Sam nickte. »Ich hab es gehasst, dort zu sein.«

»Du hast immer gesagt, du hättest das Gefühl, als wäre ein anderer in dir, der rauskommen wollte.«

»Damals war ich noch ein Kind, Mom –«

»Fühlten sich die Kopfschmerzen heute auch so an?«

»Ich glaube ja.«

Worauf will sie hinaus?

Irgendetwas lag in der Luft. Die Stimme seiner Mutter klang gereizt.

»Mom? Stimmt etwas nicht? Bin ich ... gegen irgendwas in den Labors von Turing-Douglas allergisch?«

»Allergisch?«

»Na ja, ich weiß nicht ... wie zum Beispiel Mutationsviren oder so was?«

»Turing-Douglas ist kein Seuchenlabor«, sagte Mom und stand vom Tisch auf. »Keine Untersuchungen von Viren, nur Arbeit am Computer. Ich bin sicher, es ist nichts Ernstes. Du brauchst bloß etwas Schlaf. Und, ehrlich gesagt, brauchen dein Vater und ich den auch.«

Sie stellte ihr Glas in die Spüle und ging nach oben.

Sam blieb noch eine Weile in der Küche und ging dann in sein Zimmer.

Er versuchte nicht mehr an die Ereignisse des Tages zu denken und legte sich ins Bett.

Die Milch hatte keine einschläfernde Wirkung. Er war sehr aufgewühlt.

Er versuchte Schäfchen zu zählen. Er versuchte auf eine Stelle an der Wand zu schauen, bis ihm die Augen zufallen würden. Als nichts davon funktionierte, probierte er die Killermethode: Computercodes im Schlaf zu erfinden. Das wirksamste Mittel, um aus Langeweile einzuschlafen.

Mit einem leisen Klicken öffnete sich die Tür des elterlichen Schlafzimmers.

Sam erstarrte.

Dad ging hinauf ins Turmzimmer. Obwohl sein Vater auf Zehenspitzen lief, erkannte Sam seine schweren Schritte.

Das Licht.

Hatte Jamie es angelassen?

Das Notizbuch.

Es lag noch immer unter Sams Matratze.

Sam brach der kalte Schweiß aus. Was war, wenn Dad das Notizbuch suchte und merkte, dass es verschwunden war?

Was war, wenn das Exit-Zeichen für die Wiederherstellung der Daten noch auf dem Monitor zu sehen war? Was, wenn es nicht funktioniert hatte? Was, wenn einige von Dads Dateien immer noch gelöscht waren?

Habe ich sie alle zurückgeholt?

Sam hatte es nicht noch einmal überprüft.

Jetzt hörte er dumpfe Schritte von oben.

Dad kam wieder die Treppe herunter und ging auf Sams Tür zu.

Er drehte den Türknopf.

Rasch machte Sam die Augen zu; er lag immer noch auf dem Rücken.

Er hat entdeckt, was passiert ist, und wird mich jetzt anschreien.

Sein Vater schlich so leise, wie er konnte, durch das Zimmer. Doch er kam nicht an Sams Bett.

Die Tür des Kleiderschranks wurde geöffnet. Sam hörte das Gleiten und Klappern der Drahtbügel.

Vorsichtig öffnete er die Augen einen Schlitz weit.

Dad schlich wieder aus Sams Zimmer. Er hatte ein kariertes Flanellhemd in der Hand, das Sam schon seit Monaten nicht mehr getragen hatte.

Dad ging auf Zehenspitzen den Flur entlang.
Einen Augenblick lang war alles still, dann öffnete und schloss sich die Haustür.
Verstohlen schlüpfte Sam aus dem Bett. Geduckt schlich er ans Fenster und sah hinaus.
Sein Vater stieg gerade ins Auto. Hastig verstaute er einen Aktenkoffer. Plötzlich sah er hinauf zu Sams Zimmer.
Sam duckte sich.
Einen Augenblick später hörte er, wie der Wagen in die Nacht davonbrauste.

ES IST UNSERE MISSION …

Wo ist er?

Wir haben ihn verloren.

8

»Hiiilfe ...«

Wieder diese Stimme.

Ich bin in der Vergangenheit. Ich verstecke mich im Treppenhaus. Bart ist irgendwo in der Nähe. Er hat meine Spur verloren.

(DU BIST EINGESCHLAFEN. DU TRÄUMST BLOSS. DAS IST NICHT DIE WIRKLICHKEIT.)

Ich spüre es wieder. Dieses GEFÜHL –

In mir ist etwas.

Es drückt gegen mich. Es will raus.

GEH. HIER IST NICHT GENUG PLATZ FÜR UNS BEIDE.

(Wach auf, Sam. WACH AUF.)

»Hi-i-i-ilfe!«

Die Stimme ist gewandert.

GEWANDERT? WIE DAS? WOHIN?

Jetzt ist sie nicht mehr hinter dem Kellerfenster.

Jetzt ist sie draußen.

In der Dunkelheit.

Auf der Straße vor dem Turing-Douglas-Gebäude.

Ich stehe auf. Ich muss ihr folgen.

Ich muss herausfinden, wer das ist.

(NEIN!)

Meine Beine sind schwach. Sie sind wie aus Gummi.

Ich halte mich am Geländer fest und schaffe es irgendwie die Treppe hinauf.
Ich weiß nicht, WARUM ich der Stimme folgen will. Ich weiß nicht, warum ich weglaufe (WEIL DU EIN IDIOT BIST), aber ich muss es tun.
Das Gefühl wird immer stärker. Ich kann kaum einen Fuß vor den anderen setzen.
»Hi-i-i-i-ilf mir ...«
Die Stimme lockt mich immer tiefer in die dunklen Gänge hinein (ES IST EINE FALLE), die Gebäude um mich herum schwellen an und ziehen sich zusammen wie große, dunkle Quallen – und die Augen, die Augen beobachten mich, durchdringen die Dunkelheit, doch ich folge dem Labyrinth aus Straßen und dann erreiche ich das Tor und bin plötzlich auf dem Heimweg.
Doch die Stimme ist immer noch da. Ich spüre sie.
(WENDE DICH AB, SONST WIRST DU ES BEREUEN!)
Ich merke, dass meine Beine sich nicht bewegen. Sie sind steif. Jetzt werde ich gezogen. Ich schwebe. Mein ganzer Körper ist erstarrt und hilflos.
»WER BIST DU?«
Ich rufe es, doch irgendwie bleiben die Worte in meinem Kopf, während ich durch die Stadt segle ... durch unsere Nachbarschaft ...
Dann komme ich vor unserem Haus an. Und schwebe plötzlich den Fußweg zum Haus hinauf.
Die Stimme ruft von innen: »HI-I-I-I-LFE!«
Sie ist ohrenbetäubend.
Sie ist mehr als nur ein Geräusch.
Sie ist ein Gefühl im ganzen Körper. Als würde jemand eine

Saite in meinem Inneren zum Klingen bringen, die vom Kopf bis zu den Fußknöcheln stramm gespannt ist.
Doch ich bewege mich weiter, weil ich nicht aufhören kann. Ich muss sehen, wer mich ruft. Die Stimme hat etwas mit dem Gefühl in meinem Kopf zu tun. Wenn ich herausfinde, wer da so schreit, hört das Gefühl vielleicht auf.
Jetzt befinde ich mich im Haus. Mom und Dad sind nirgendwo zu sehen. Die Schreie durchdringen die Luft; sie sind in den Wänden und bringen alles zum Vibrieren. Und bald sind sie auch in mir und jetzt rufe ich um Hilfe – meine Stimme gesellt sich zu der anderen –, als ich die unterste Treppenstufe erreiche.
(NEIN!)
Die Stimme kommt aus dem Erdgeschoss.
Aus meinem Zimmer.
(NEIN – GEH NICHT HINEIN!)
Ich kann es nicht verhindern. Der Klang zieht mich an – bis an meine Zimmertür, wo er meine Hand dazu bringt, sich nach dem Türknopf auszustrecken.
Ich versuche sie zurückzuziehen, aber es ist sinnlos. Es – er – ruft (ICH RUFE) und ich kann nicht widerstehen.
Ich drehe den Türknopf.
Die Tür öffnet sich mit einem starken Sog und schlägt gegen die Wand. Das Zimmer ist in ein grelles weißes Licht getaucht. An meinem Schreibtisch sitzt ein Fremder mit dem Rücken zu mir.
Ich gerate in Panik. Wer ist er? Ist er derjenige? Ruft er um Hilfe? Ich kann es nicht sehen. Aber ich KANN sehen, dass er mein Flanellhemd anhat, das Hemd, das Dad mitgenommen hat. Zuerst halte ich ihn für Bart – er hat Dad gefunden,

seine Schlüssel und mein Hemd gestohlen und ist in unser Haus eingebrochen –, doch nein, das ist nicht Bart, das kann ich erkennen, es ist jemand anders, jemand Vertrautes, und ich hänge in der Luft, von dem Lärm (HI-I-I-I-ILLFFE!) erstickt und erschlagen, als

er

sich

langsam

umdreht.

Ich kann meine Augen nicht schließen ich sehe sein Profil und er schreit ODER TUT ER DAS WIRKLICH? nein der Schrei kommt jetzt von MIR und ist nicht mehr »Hilfe!« ich rufe nicht mehr um Hilfe es ist ein anderes Wort es ist ein Name (sein Name) es ist

»KE-E-E-EVINNN!«

Und jetzt dreht er sich ganz um.

(STOPP!)

Jetzt gibt es keinen Zweifel mehr.

Ich weiß, wer er ist.

Ich habe ihn schon immer gekannt.

Was macht er?

Er wird zurückkommen.

Es sei denn, er wird erwischt. Dann verlieren wir ihn für immer.

9

Ruckartig wachte Sam auf.

Das grelle weiße Licht war verschwunden und im Zimmer war es still.

Alles schien in Nebel getaucht zu sein.

WER?

Wer war es?

Die Vision wurde immer schwächer oder etwa doch nicht?

Sam strengte seine Augen an, um die Gestalt im Raum zu erkennen. An seinem Schreibtisch.

Er ist immer noch da.

Jetzt stand er und starrte Sam an.

Er kam näher.

Sam versuchte wegzurennen, doch das Laken hatte sich um seine Füße gewickelt.

Zwei Hände packten ihn und hielten ihn fest.

Moms Hände. Sie kauerte neben seinem Bett.

»Liebling, es ist nichts«, sagte sie. »Du hast geträumt.«

Sam blinzelte. Die Umrisse im Zimmer – und die Gestalt – wurden schärfer.

Dad.

Es ist bloß Dad.

Sams Schreibtisch war leer geräumt. Jetzt stand ein

Laptop darauf, den er im Haus noch nie gesehen hatte. Er war an einer Seite an ein hohes Gerät angeschlossen und an der anderen an einen runzligen, lederartigen Gegenstand, den sein Dad in den Händen hielt.

»Alles in Ordnung, Kumpel?«, fragte sein Vater.

Sams Atemstöße waren hastig und schmerzhaft. Seine Kehle fühlte sich so wund an, als hätte sie jemand mit einem Stahlpinsel aufgeraut. »Ja.«

»Du musst einen Alptraum gehabt haben«, sagte seine Mutter.

Sam nickte. »Er ... er war so real.«

»Das Gehirn kann so etwas.«

»Schalter«, sagte sein Vater mit einem leichten Lächeln. »Vergiss nicht: Alles nur Schalter.«

»Was ist das?«, fragte Sam und machte eine Kopfbewegung in die Richtung des Gegenstands, den sein Vater in den Händen hielt.

»Bloß ein Prototyp«, erklärte der Vater.

»Von *was*?«

Mr Hughes begann den Gegenstand auseinander zu falten. Er war innen hohl wie ein Schädel. An der Oberseite ragten kleine Elektroden hervor, die mit Drähten an das Gerät angeschlossen waren.

»Setze es bitte auf«, sagte er ruhig.

Sam kämpfte gegen die Worte an – Jamies Worte und die Worte in seinen Ängsten und Träumen *(Experimente ... Mutanten ... Gefangene in Laborräumen ... Gehirnmanipulationen ...)*.

HÖR AUF DAMIT.

Er atmete langsam und tief und versuchte so seine Panik in den Griff zu bekommen.
Es sind doch meine Eltern.
»Warum, Dad?«, fragte er.
»Vielleicht fühlst du dich dann besser«, sagte Mrs Hughes.
»Vielleicht?«
»Wie ich bereits gesagt habe, es ist nur ein Prototyp«, erwiderte sein Vater. »Vielleicht passiert gar nichts. Es kann dir auf keinen Fall schaden.«
»Aber mir geht es gut!«
Seine Mutter beugte sich vor und streichelte seinen Hinterkopf. »Du hattest wieder dieses Gefühl, nicht wahr? Das du manchmal bei Turing-Douglas bekommst?«
»Es war bloß ein Traum, Mom. Ehrlich –«
»Du hast einen Namen geschrien.« Mr Hughes sah ihn forschend an. »Weißt du noch, welchen Namen?«
»Kevin …«, murmelte Sam.
»Ja«, sagte Mrs Hughes so leise, dass er es kaum hören konnte.
»Wer ist das, Mom? Warum steht der Name auf dem –?«
Du darfst das Notizbuch nicht erwähnen!
Sam unterbrach sich rasch. Das Notizbuch lag noch immer unter seinem Bett.
Sein Dad saß wieder am Schreibtisch. Er schaltete den Laptop ein. Auf dem Monitor leuchteten vier flach verlaufende Graphen auf.
Mit einem Ruck kehrte das Gefühl zurück.

Als wenn heiße Luft in Sams Kopf gespritzt würde.
»ES TUT WEH, DAD! TU DAS NICHT!«, flehte Sam.
»John ...«, sagte Mrs Hughes besorgt.
Doch Sams Vater setzte ihm die Kappe auf.
Sie sind meine Eltern.
Sie lieben mich.
Sofort wurden die Graphen auf dem Monitor lebendig – sie verzerrten sich, pulsierten und wirkten bedrohlich.
Sam spürte, wie seine Augen aus den Höhlen quollen. Er fühlte die warmen Schweißtropfen auf seiner Oberlippe.
»WARUM ... TUST ... DU ... DAS?«
Das HILFT mir nicht. Es macht alles nur noch schlimmer, und es ist DAD – SEINE Idee, er weiß nicht, was er tut. DESWEGEN wurde er in seinen anderen Jobs gefeuert.
Sam streckte die Hand aus, um die Kappe abzunehmen. Doch er verlor das Gleichgewicht, das Bewusstsein, und seine Finger fühlten sich wie abgestorben an.
Verzweifelt sah er seine Mutter an. »Kannst ... du ...?«
Sie schluckte schwer und warf einen Blick auf ihren Mann; in ihrer angespannten, unergründlichen Miene zeigte sich zunehmende Verwirrung.
Dann streckte sie die Hand nach Sam aus.
Und drückte ihm die Kappe fester auf den Kopf.
In dem Moment wusste Sam Bescheid.
Er wusste, dass er etwas gesehen hatte, was er nicht hätte sehen dürfen.
Er hatte das Geheimnis entdeckt.
Das Regierungsgeheimnis.

Ist ihnen das Risiko, das sie eingehen, bekannt?

Sie sind seine Eltern. Nur wenige Risiken sind zu groß.

10

Weg.
Es war weg.
Das Gefühl war genauso plötzlich verschwunden, wie es aufgetaucht war.
Die Graphen sprangen immer noch auf und ab, doch Sam war wieder ruhig.
Er konnte wieder klar sehen.
Doch *Mom* sah schrecklich aus. Ihr Gesicht war nass und sie wirkte gequält.
Dad schien auch ziemlich durcheinander. Er war bleich und sah Sam mit großen Augen an, als sei gerade ein purpurrotes Horn auf dessen Stirn gewachsen.
»Ich dachte – du würdest nie mehr –« Sam war vor Erleichterung ganz schwindlig. Er ließ sich auf sein Bett zurückfallen. »Wow, das ist ein starkes Gerät!«
Normal.
Meine Finger – meine Augen – mein Kopf – alles fühlt sich wieder ganz normal an.
Mom riss vor Staunen den Mund auf. »O mein Gott«, flüsterte sie. »O mein Gott.«
Sam streckte die Hand aus, um die Kappe abzunehmen. »Darf ich?«
»Es ... hat funktioniert«, murmelte sein Vater.

Sam fasste das als ein Ja auf. Er zog sich die Kappe vom Kopf. »Danke. Wie nennt sich das Ding?«
»Das ist ein Transpatheter«, sagte seine Mutter und ihre Miene hellte sich auf.
Dad schaute konzentriert auf den Bildschirm. Er wippte mit den Füßen und tanzte fast. »Die Neurotransmitter haben funktioniert. Der Schaltkreis war fehlerlos.«
»Was bedeutet das?«, wollte Sam wissen.
Seine Mutter hörte nicht zu. »Und die fortschreitende Verzweigung der Nervenzellen?«
»Durchschnittlich 0,5 Nanosekunden«, antwortete sein Vater.
»Speicherkapazität?«
»Vier Millionen Megagigs mit extra Speicherraum!«
Kichernd umarmten sie einander.
Sie kicherten!
»Was ist? Werden wir jetzt reich?«, fragte Sam.
Beide drehten sich zu ihm um, als hätten sie erst jetzt gemerkt, dass er im Zimmer war. Beide strahlten übers ganze Gesicht. Dann zogen sie ihn zu sich heran und umarmten auch ihn. »Reicher, als du dir vorstellen kannst«, sagte seine Mutter.
Sam legte beide Arme um seine Eltern und drückte sie an sich.
Er war wieder stark und hatte einen klaren Kopf. Seine Eltern waren glücklich.
Es fühlte sich gut an, zusammen zu sein. Richtig gut.
Doch irgendetwas stimmte nicht. Sie waren glücklich über das *Gerät*. Sie waren glücklich reich zu sein.
Er hätte ein bisschen mehr Sorge um sich erwartet.

Du darfst nicht zu viel erwarten, Sam. Nimm, was du kriegen kannst.
Sie haben seit einer Ewigkeit daran gearbeitet. Du musst Verständnis haben.
»Es ist also eine Art medizinische Therapie?«, fragte Sam. »Ungefähr so wie Aspirin, bloß stärker und ohne Nebenwirkungen?«
Dad warf lachend den Kopf zurück. »Es ist mehr als das, Sam. Du weißt doch, was wir immer über das menschliche Gehirn sagen –«
»Alles bloß Schalter«, wiederholte Sam das Mantra, das er fast so oft gehört hatte wie *Achte auf die Autos, wenn du über die Straße gehst.* »Wie lauter kleine elektrische Stromkreise zwischen den Nerven.«
»Milliarden von Stromkreisen«, erklärte seine Mom. »Jeder Augenblick – jedes winzige Gefühl, das du empfindest, jeder einzelne Gedanke – ist eine bestimmte Reihenfolge dieser Schalter, die sich an- und ausschalten.«
»Dieses Gerät«, sagte sein Vater, »hat im Grunde all diese Schalter –«
»Du meinst, ihr habt es geschafft?«, fragte Sam. »Ihr habt ein richtiges Gehirn gebaut?«
»Nein«, erwiderte Mrs Hughes. »Kein Gehirn. Nur einen Transpathether – eine Hülle. Darauf programmiert, die verschiedenen Kreisläufe des menschlichen Gehirns zu *erkennen* und zu *empfangen.*«
»Er hat nicht die Fähigkeit, die Gefühle selbst zu empfinden«, fügte Sams Vater hinzu. »Er muss auf ein Signal warten – dann lädt und speichert er das Gefühl.«

»Die Kopfschmerzen, die ich hatte, waren also –«
Sams Mutter grinste. »Das waren keine Kopfschmerzen, Sam. Das war viel mehr, nicht wahr?«
Viel mehr.
Unglaublich viel mehr.
Sogar der Gedanke daran tat weh. »Wie eine andere Person in mir …«
»Ein anderer Junge«, bestätigte seine Mom, »der in dir gefangen war – mit so starken Emotionen, dass du das Gefühl hattest, gleich zu explodieren.«
»Das hast du uns früher immer gesagt«, meinte Mr Hughes. »Aber jetzt sind diese Gefühle verschwunden, Sam. All diese schrecklichen Emotionen sind im Transpatheter gespeichert.«
Die Graphen bewegten sich immer noch wie wild.
»Wie … wie wenn er einen Teil von mir geladen hätte«, flüsterte Sam.
Seine Mutter legte den Arm um seine Schulter. »So kann man es nennen.«
»Und jetzt?«, fragte Sam. »Was geschieht jetzt mit den Gefühlen?«
Sein Dad wirkte verwirrt. »Na ja … sie werden zu Elektrizität.«
»Aber meine Gefühle sind doch auch Elektrizität«, gab Sam zurück. »Und die elektrischen Muster veranlassen, dass ich ein bestimmtes *Gefühl* habe. Wenn das Gerät mit meinem Gehirn identisch ist – *fühlt* es dann nicht auch wie ein richtiger Mensch?«
»Um ein richtiger Mensch zu sein, bräuchte es die Fähigkeit des Ausdrucks und des Erlebens«, sagte

Mr Hughes. »Augen, um zu sehen, Ohren, um zu hören –«
»Aber woher wisst ihr das?«, beharrte Sam. »Woher *wisst* ihr, dass ein Gerät das nicht auch alles in seinem Inneren fühlen kann?«
Seine Eltern sahen sich lange an.
Schließlich sagte sein Vater: »Wir wissen es nicht.«

Als Sam aus der Dusche kam, nahm er den Duft von Essen aus der Mikrowelle wahr. Während er in sein Zimmer ging, hörte er seine Eltern in der Küche; sie unterhielten sich aufgeregt.
Meistens schlief Sam, wenn sie ihren Mitternachtssnack nahmen.
Nun ja, einen Snack um 2:37 Uhr, um genau zu sein. Das war die Zeit, die auf seinem Wecker leuchtete.
Er war müde. Total erschöpft. Das Duschen hatte ihn entspannt und jetzt merkte er erst, wie verkrampft er gewesen war.
Nach dem Experiment mit dem Transpatheter hatte er eine Dusche gebraucht, weil er so verschwitzt gewesen war.
Und leer. Im wahrsten Sinne des Wortes.
Was immer in seinem Inneren gewesen war, war weg.
Sein Kopf fühlte sich ganz klar an.
Wie war das möglich?
Der Transpatheter wirkte wie ein billiger Hokuspokus. Wie etwas aus *Professor Phlingus*. In der Theorie machte er zwar Sinn, doch wenn Sam ihn nicht mit eigenen

Augen gesehen hätte – wenn jemand versucht hätte ihn zu beschreiben ...

Denk jetzt nicht daran.

Schlaf jetzt.

Er zog einen sauberen Schlafanzug an und legte sich ins Bett.

Während er seine Augen zumachte, sah er seine Klamotten auf dem Boden liegen. Jamies Zeitschrift lugte aus seiner Hosentasche hervor.

Er wollte sie ihr am nächsten Tag zurückgeben. Und außerdem –

Das Notizbuch.

Schlagartig war Sam wieder hellwach. Er setzte sich auf und holte das Notizbuch unter seiner Matratze hervor. Dann ging er zur Tür und spähte den Flur entlang.

Von Mom und Dad war nichts zu sehen; sie waren immer noch in der Küche in ihre Unterhaltung vertieft.

Sam ging leise hinauf ins Turmzimmer.

Der Computer war eingeschaltet. Die sich heftig bewegenden geometrischen Muster des Bildschirmschoners warfen ein flackerndes Licht in den Raum. Vorsichtig ging Sam an den Aktenschrank und öffnete die oberste Schublade.

Er entdeckte den Namen KEVIN auf einem Aufkleber an einem Ordner.

Neugierig zog er den Ordner heraus und öffnete ihn.

Er war leer.

War das Notizbuch das einzige Dokument darin gewesen? Nur ein Notizbuch mit einer einzigen beschrifteten Seite?

Er steckte das Notizbuch hinein und ging die anderen Ordner durch. Die Beschriftungen bestanden aus lauter wissenschaftlichen Begriffen, die Sam total verwirrten.

Da muss irgendwo noch mehr sein.

Leise machte er die Schublade zu und wandte sich dem Computer zu.

Ein Blick kann nicht schaden. Wahrscheinlich ist es sowieso nur wissenschaftliches Kauderwelsch.

Sam schlich sich an den Schreibtisch, setzte sich und bewegte die Maus.

Der Bildschirmschoner verschwand und wurde durch eine Nachricht ersetzt:

SÄMTLICHE DATEIEN ERFOLGREICH WIEDERHERGESTELLT

FORTFAHREN? [JA/NEIN]

Sam stieß einen leisen Seufzer der Erleichterung aus.

Er drückte NEIN und ließ das ganze System nach dem Namen »Kevin« suchen.

»Sam?«, rief seine Mutter zwei Stockwerke tiefer.

Panik.

Sam brach die Suche ab. Der Bildschirm war wieder so wie vorher – bevor Bart sich an den PC gesetzt hatte.

Sie würden es nie merken.

Sam rannte in den ersten Stock hinunter. »Ja?«

»Hast du Hunger?«

»Nein, danke«, rief Sam, sobald er das Erdgeschoss erreicht hatte. »Ich geh jetzt ins Bett.«

»Okay. Gute Nacht!«

»Gute Nacht.«

Er sprang ins Bett. Endlich. Doch anstatt einzudösen lag er mit weit offenen Augen da und starrte die Decke an. Sein Herz hämmerte wild.

Zweimal Schlaflosigkeit in derselben Nacht. Na toll.

Er griff nach der erstbesten Lektüre. Jamies Zeitschrift. Etwas Lustiges zur Entspannung.

Doch es war nicht lustig. Die Bilder der missgebildeten Menschen und Tiere waren schlecht gemacht. Die Hälfte der Fotos wirkte unecht. Er hatte keine Lust, sich den Rest auch noch anzusehen.

Er wollte die Zeitschrift gerade weglegen, als er die letzte Rubrik sah, die Jamie ihm zum Lesen empfohlen hatte: »Wahre wissenschaftliche Phänomene – für die Massenmedien ein zu heißes Eisen«.

Er blätterte durch: Entführungen durch Außerirdische (die üblichen unscharfen Bilder und sensationslüsternen Berichte). Ein Artikel mit der Überschrift: »Rückkehr aus dem Totenreich: Sie haben das weiße Licht gesehen und sind zurückgekehrt, um uns davon zu berichten«, ein weiterer Artikel zum Thema: »Die wahre Geschichte des Mannes, der einundneunzig Prozent seines Gehirns genutzt hat, während der Rest der Menschheit nur fünfzehn Prozent nutzt!«

Schrott.

Die nächste Schlagzeile lautete: »Zwillinge: Die schockierende Wahrheit über Midge und Madge, die bei der Geburt getrennt wurden und in zwei verschiedenen Familien aufwuchsen – zwei Wildfremde, die im Alter von 32 Jahren endlich wieder vereint wurden und ABSOLUT IDENTISCH sind!!!«

Beide heirateten am selben Tag im selben Jahr … Ihre Ehemänner haben denselben Vornamen und dieselben Interessen … jede hatte eine beste Freundin, die bei einem Autounfall ums Leben kam … beide haben dieselbe Lieblingsfarbe, dasselbe Lieblingslied und beide kauften das gleiche Hausmodell in gleichnamigen Straßen in zwei verschiedenen Städten.

Das war echt cool.

Beim Lesen hörte Sam seine Mutter und seinen Vater leise die Treppe hinaufgehen. Er hörte das leise Murmeln ihrer Stimmen, ein paar Minuten den Fernseher und dann Stille.

Die ganze Welt außer mir schläft.

Gähnend blätterte Sam auf die letzte Seite des Artikels über die Zwillinge. Unter dem Text war ein kleiner Kasten mit der Überschrift »›Reste‹ von Zwillingen«.

Darunter war die Nahaufnahme einer ausgestreckten Handfläche abgebildet. Der Mann hielt einen merkwürdigen dunklen Klumpen in der Hand.

Sam las den Absatz darunter:

Fesselndes Geheimnis: Dr. Harold Crenshaw zeigt hier eine Geschwulst. Der Tumor wurde Diana, einer Neugeborenen aus einem Krankenhaus in Illinois, entnommen. Eine Ultraschalluntersuchung während der frühen Schwangerschaft der Mutter wies auf Zwillinge hin – doch bald darauf schien einer der beiden Embryos verschwunden zu sein. Diana war eine Einzelgeburt. Der gutartige Tumor enthielt Haarteilchen, Haut und winzige Reste, die Dr. Crenshaw für Fingernägel hält. Was geschah mit Dianas Zwilling? Laut Dr. Crenshaw »wird im Lauf der Geschichte immer wieder von Geschwulsten wie dieser berichtet. Man nimmt an, dass einer der Zwillinge den anderen einfach *absorbiert*«.

Ekelhaft.

Aber schade, dass das nicht mit Jamie passiert ist. Bart hätte eine nette kleine Geschwulst abgegeben.

Sam lächelte. Die Zeitschrift hatte ihren Zweck erfüllt. Ihm fielen die Augen zu.

Keine Alpträume mehr heute Nacht, Sam.

Kein Schweben auf den Straßen.

Keine gespenstischen Stimmen in deinem Gehirn.

Keine unheimlichen Szenen in deinem Schlafzimmer.

Sam döste ein und dachte dankbar an die seltsame Maschine, die ihm so geholfen hatte, und an die lächerlichen Gedanken, die er wegen der Stimme im Keller gehabt hatte ...

Der Transpatheter hat alles in Ordnung gebracht, er hat den guten alten Kevin entfernt …
Sam riss die Augen auf.
Er sprang fast aus dem Bett.
Das kann nicht sein …
All seine Gedanken formierten sich neu.
Das Gefühl …
Das Gefühl, dass zwei Menschen in ihm steckten …
Midge und Madge – die innere Verbindung, die ein Leben lang quer über einen Kontinent hielt …
Sam rannte aus dem Zimmer. Leise schlich er in die Küche.
Er schlug hastig das Telefonbuch auf, fand die Telefonnummer der Richters und drückte die entsprechenden Tasten.
»Ja?«
»Jamie? Hab ich dich geweckt?«
»Nein. Wer ist da?«
»Sam. Hör zu –«
»Weißt du, wie spät es ist? Schläft bei euch eigentlich nie jemand?«
»Doch, meine Eltern. Komm an die Ecke Webster und Elm Street.«
»Jetzt? Ich übe gerade!«
»Mach eine Pause.«
»Sam, ich lege jetzt auf. Wenn du mich noch mal um diese Zeit anrufst, bringe ich dich um.«
»In fünf Minuten.«
Aber Jamie hatte schon aufgelegt.

Tut mir Leid, dass ich verschwunden bin. Aber vielleicht schaffe ich es, dass es funktioniert.

Das kannst du nicht. Du hast eine Verpflichtung –

Wir müssen weitermachen.

Aber vielleicht brauche ich das gar nicht mehr.

Eine reine Sicherheitsmaßnahme. Falls wir dich verlieren. Also los. ES IST UNSERE MISSION …

11

»Wehe, es lohnt sich nicht.« Jamie war wütend. Sam merkte es, obwohl er in der Dunkelheit ihr Gesicht nicht sehen konnte, als sie angelaufen kam. »Es ist vier Uhr morgens.«

»Viertel vor vier«, gab Sam zurück und bog in die Webster Avenue ein. »Komm einfach mit.«

»Wohin gehen wir?«

»Zu Turing-Douglas.«

»WAS? Nenne mir einen guten Grund, warum ich dir folgen sollte.«

»Weil ich über euer nächstes Konzert schreiben werde.«

»Das ist ein guter Grund.« Jamie lief neben ihm her.

»Jamie«, sagte Sam entschieden, »die Stimme, die ich am Fenster gehört habe – die Stimme aus Labor 6 –, das war meine *eigene* Stimme. Deswegen klang sie so vertraut.«

»Was?«

»Du hast geglaubt, ich hätte einen Gefangenen gehört, weißt du noch?«

»Ja.«

»Und du hast geglaubt, der Gefangene sei dieser ... *Kevin*.«

»Das ist nur eine Theorie.«

»Na ja, es gibt Kevin wirklich, Jamie. Er ist der Gefangene. Und er ist mein Zwilling.«

Sie starrte ihn verblüfft an.

»Sam, wenn du gerade einen Nervenzusammenbruch oder so was hast, kannst du den nicht zu Hause haben?«

Zeige sie ihr.

Sam stellte sich unter eine Straßenlaterne und zog sein Hemd herunter. Dabei wurde eine Narbe neben seinem Schlüsselbein sichtbar. »Schau dir die an.«

»Sam, ich gehe jetzt ...«

»Die Narbe, Jamie! Sie stammt von einer Operation, die ich als Baby hatte. Die Ärzte haben damals einen Tumor entfernt.«

»Bist du sicher, dass sie nicht das kleine Ding zwischen deinen Ohren entfernt haben?«

»Lies das.« Sam holte die Zeitschrift *Professor Phlingus* heraus und schlug den Artikel über die Zwillinge auf. Dann gab er ihn ihr.

Beim Lesen kniff Jamie die Augen zusammen. »Dein Tumor war ... das da? So eine Geschwulst?«

»Ich weiß es nicht genau. Meine Eltern haben nie viel darüber geredet. Sie haben nur gesagt, dass der Tumor gutartig war.«

»Haben sie dir etwa gesagt, dass sie Zwillinge erwarteten?«

»Nein.«

»Warum glaubst du dann –?«

»Versetz dich doch mal in ihre Lage, Jamie. Der Arzt sagt, du würdest Zwillinge bekommen. Doch das passiert nicht. Stattdessen bekommst du einen gesunden

Jungen. Wie wird er sich fühlen, wenn du ihm die Wahrheit erzählst? Du bist doch ein Zwilling – wie hättest *du* dich gefühlt, wenn du Bart so was angetan hättest? Wahrscheinlich schuldig. Zumindest einsam. Also haben sie es mir verschwiegen.«

»Du glaubst also, du hättest ihn *absorbiert* –«

»Diese Kopfschmerzen – es war mehr als nur das. Ich hatte das Gefühl, als wären zwei Personen in meinem Gehirn eingezwängt –«

Jamie wich zurück. »Das klingt merkwürdig, Sam. Sogar für mich –«

»Er ist all die Jahre in mir geblieben, Jamie. Ich habe ihn heute Nacht im Traum gesehen. Er saß an meinem Schreibtisch. Er sah genauso aus wie ich. Und ich konnte einfach nicht aufhören den Namen Kevin zu schreien. Als ich aufwachte, saßen meine Eltern neben meinem Bett. Sie hatten eine Maschine – sie haben seit Jahren daran gearbeitet. Sie kann die Emotionen eines Menschen in einen künstlichen Gehirnschaltkreis laden. Sie haben die Maschine an mir ausprobiert und seitdem ist das Gefühl verschwunden. Alles wurde auf die Maschine übertragen. Kevin war weg und ich bin noch da.«

Jamie brach in Gelächter aus. »Das ist total lächerlich, Sam.«

»Lächerlicher als die anderen Berichte in *Professor Phlingus?*«

»Wie bitte? Ein großer logischer Haken an der Sache ist: Wenn du ihn absorbiert hast, dann ist er verschwunden. Und wenn er verschwunden ist, wie konnte er dich dann durch ein Kellerfenster rufen?«

»Das weiß ich auch nicht! Aber das hat er *getan*. Vielleicht hat ja ein Teil von ihm überlebt. Aber ich habe bestimmt etwas von seinem Gehirnschaltkreis in mir. Das würde die Wirkung des Transpatheters erklären. Vielleicht versuchen Mom und Dad den Rest von ihm zu rekonstruieren –«

»Sam, das klingt echt widerlich!«

»Warum sollte er sonst um Hilfe rufen? Vielleicht kann er sich nicht selbst bewegen.«

»Hör doch, was du da sagst! Glaubst du wirklich, deine Eltern könnten dieses – was immer es ist – dieses *Ding* fast vierzehn Jahre im Keller eines großen Labors einschließen, ohne dass es irgendjemand jemals merkt? Ist dir klar, wie das klingt?«

Dumm.

Grauenhaft.

Aber möglich.

Sie waren Wissenschaftler.

Sie hatten ein Kind, das gesund zur Welt kam. Das zweite nicht. Aus irgendeinem Grund mussten sie das Kind verstecken. Vielleicht mussten sie es schützen. Vielleicht konnte es außerhalb des Labors nicht existieren.

Also behielten sie es. Ihre einzige Möglichkeit zu hoffen war, abzuwarten ...

... bis die Technik mit ihrer Hoffnung Schritt halten konnte.

Wenn man darüber nachdachte, hatten sie gar keine andere Wahl. Sie *mussten* es versuchen.

Schließlich waren sie Eltern.

»Ich hatte gehofft, du würdest es verstehen«, sagte

Sam. »Aber wenn du es nicht verstehst, ist das auch okay. Es ist echt okay.«
Er wandte sich ab und ging davon. Als er um die Ecke bog, kam Turing-Douglas in Sicht. Das Labor war dunkel. Nur das laute Summen des Kellergenerators deutete darauf hin, dass dieser Ort sich von den Gebäuden in seiner Umgebung unterschied.
Jamies eilige Schritte folgten ihm. »Warte, Sam.«
»Geh weg«, sagte Sam entschlossen.
»Du brauchst mich.«
»Ich kann das alleine tun.«
Jamie holte einen kleinen Stapel Magnetkarten aus der Tasche. »Nicht ohne die.«
Sam blieb wie angewurzelt stehen. Auf den Karten stand: T-D: UNBEFUGTE BENUTZUNG GESETZLICH VERBOTEN. Die Namen seiner Eltern waren eingestanzt.
»Was zum –«
»Die lagen ganz hinten in der Schublade eines Aktenschranks.« Jamie zuckte mit den Schultern. »Vermutlich Ersatzkarten. Ich wollte sie dir eigentlich zurückgeben, aber du hast vor eurem Haus einen solchen Aufstand gemacht –«
»Du hast sie gestohlen.«
»Du brauchst sie.«
Nimm sie. Jetzt.
Bevor du es dir anders überlegen kannst.
Sam nahm die Karten und ging weiter auf das Gebäude zu. Jamie folgte ihm dicht auf den Fersen.
Er bereitete sich innerlich auf die Kopfschmerzen vor,

die sich eigentlich wieder melden mussten. Doch sie taten es nicht. Er fühlte sich gut.
Die Hintertür stand noch immer einen Spalt offen. Sam drückte sie auf und trat in das grelle Licht des Kellerflurs.
»Ich höre nichts«, flüsterte Jamie.
»Pssst.« Sam lief auf Zehenspitzen den Flur entlang und las die Schilder an den Türen. – LABOR 6.
Seine Hände zitterten, während er mit den Karten hantierte.
Jamie nahm sie ihm ab und las sorgfältig das Kleingedruckte. Dann steckte sie eine der Karten in den Schlitz.
Das kleine rote Licht wurde grün. Jamie drückte gegen die Tür – und die Tür ging auf.
Vor ihnen breitete sich Dunkelheit aus, die lediglich von winzigen Lichtern an den Wänden und auf einer Konsole in der Mitte des Raums durchbrochen wurde.
Sam trat ein. Aus der Konsole kam ein leises klimperndes Geräusch. Er sah kleine beleuchtete Diagramme, die alle symmetrische Sinuswellen hinter sich herzogen. Er kniff die Augen zusammen, um sich an die Dunkelheit zu gewöhnen, und tastete neben der Tür nach einem Lichtschalter.
Mit einem Knall schlug hinter ihnen die Tür zu.
»Jamie?«, flüsterte er.
»Sorry«, erwiderte sie leise. »Hier drin ist so viel *Zeug*. Wo ist der –«
»Da-a-ad?«
Die Stimme ließ die beiden zusammenfahren.
Sie war leise und gedämpft.
Es war Sams Stimme.

ES IST UNSERE MISSION ...

Äh ... unsere – unsere Anzahl zu erhöhen.
Diejenigen zu finden, deren Verstand sich noch nicht vor den Möglichkeiten verschließt –

DENN ...

Alle sind fähig, doch nur wenige sind geeignet.

UNSER GRÖSSTES HINDERNIS IST ...

Ignoranz.

UND ...

Bitte nicht. Ich darf es nicht aussprechen.

SAG SEINEN NAMEN ...

Du musst sämtliche Fragen beantworten!

12

»O Gott, Sam. Du hast mir nicht gesagt, dass dein Vater hier ist«, stieß Jamie hervor.

»Jamie, das war ich nicht!«, flüsterte Sam.

»Was meinst du damit, das warst du nicht?«

»Hier ist noch jemand!«

»Dein Vater ist in *diesem* Raum?«

»Nicht mein Vater! Jemand anders!«

Sam tastete die Wand nach einem Schalter ab, doch sie war mit Regalen übersät, die voller Geräte und Zubehör standen.

Ein Messbecher aus Glas fiel klirrend zu Boden.

»Sam, wenn du mir einen Streich spielst, werde ich dir das niemals verzeihen –«

»Bitte ... antworte«, sagte die seltsam monotone Stimme. »Dad, bist du das?«

»O Gott – das bist ja gar nicht du! Es ist jemand anders, stimmt's?«

»Bleib cool, Jamie.« Sam zitterte am ganzen Körper. »S-such den Lichtschalter.«

»Das ... grüne Licht ... in Kniehöhe ... neben der Tür«, sagte die Stimme.

Sam sah es, doch sein Arm erstarrte.

Er war sich nicht sicher, ob er überhaupt Licht wollte.

Was werde ich sehen?
Will ich es wirklich sehen?
Er wich zur Tür zurück. »Jamie? Ich glaube, ich habe es mir anders überlegt ...«
»Hier ist er!«
Flackernd ging das Neonlicht an der Decke an.
Sam machte die Augen zu. Er riss sich zusammen und bereitete sich darauf vor, jeden Augenblick zu flüchten.
Dann öffnete er langsam die Augen.
Ein Tisch wurde sichtbar – er war groß und rund, aus dickem schwarzem Marmor mit einem Unterschrank aus dunklem Holz und einer durchsichtigen Glasglocke auf der Tischplatte, die kaum größer als ein Basketball war.
In der Glocke war etwas, das wie eine elektronische Wabe aussah – vier Schichten von Leiterplatten, jede mit Kärtchen verschiedener Größe gespickt. Vor der Glasglocke befanden sich eine Tastatur und ein Monitor, die ganz gewöhnlich aussahen.
Vom Tisch und der Apparatur in der Glocke ging ein Wirrwarr von Drähten ab. Sie schlängelten sich quer durch den Raum und führten zu verschiedenen Instrumenten an der Wand.
Und das war alles.
Von einer Person keine Spur.
»Wo ist er?«, fragte Jamie.
»HILF... MIR!«
Die Stimme wurde lauter. Sie kam aus der Mitte des Raums.

Und dann fiel Sams Blick zum ersten Mal auf den Monitor:

>: BITTE ANTWORTE. DAD, BIST DU DAS?

>: DAS GRÜNE LICHT IN KNIEHÖHE NEBEN DER TÜR.

>: HILF MIR.

Es waren die Worte, die der Computer gerade gesagt hatte.
»Das glaub ich einfach nicht ...«, murmelte Sam.
Jamie schaute von der Glocke auf den Bildschirm. »Das ist Kevin?«
»HIIIL–«
Sam fuhr mit dem Finger über die Tastatur und klickte zweimal auf DEAKTIVIEREN. Sofort verstummte die Stimme.
»Eine Alarmanlage«, sagte Sam.
»Kevin ist ein *Alarmsystem*?«
»In das meine Stimme eingegeben wurde.«
»Das da ist dein Zwilling?« Jamie grölte vor Lachen. »*Davor* hast du Angst gehabt?«
»Ich hab nicht gewusst –«
»VIELleicht hat ja ein TEIL von ihm überLEBT«, sagte Jamie mit tiefer Stimme, die wie eine übertriebene Variante von Sams Stimme klang.
»Ich dachte –«

»Sein GEHIRNschaltkreis ist unvollSTÄNDIG!«
»Hör auf damit, okay?« Sam lehnte sich gegen die Wand. Er schloss die Augen und wünschte sich fast, das Ganze sei nur wieder ein Alptraum.
Es kann nicht bloß eine Alarmanlage sein.
Dafür war das System zu groß. Zu kompliziert. Es *musste* etwas Wichtigeres sein.
Aber was?
Jamie tippte eifrig auf der Tastatur. »Das ist echt cool. Ich kann den Alarm ausschalten ... ihn auf ›Kommunikation mit dem Benutzer‹ stellen ... auf ›Stimmerkennung‹ ... das bedeutet wohl, dass ich mit ihm reden kann?«
»Woher soll ich das wissen?«
»Hallo!«, rief Jamie. »Wie heißt du?«
»Kevin«, antwortete die Glasglocke.
Auf dem Monitor erschien KEVIN.
»Also in seinem Namen haben wir uns nicht geirrt!«, sagte Jamie zu Sam. Dann wandte sie sich wieder der Glocke zu. »Hi, Kevin, wie geht's?«
»Ein Verb. Präsens. Dritte Person Singular. Ein Apostroph. Ein Pronomen. Abkürzung von ›es‹.«
Jamie lachte. »Nein, ich meine, wie fühlst du dich, Kumpel?«
»Sehr gut, danke. Es ist kalt draußen. Die Kälte entspricht der Jahreszeit. Die Luftfeuchtigkeit ist gering. Diese Kombination fördert ein Gefühl des Wohlbefindens.«
Sam erschauderte.
Nach all den Jahren der langen Abende ohne Mom

und Dad – nach all dem Fachsimpeln über Technik, Schalter, Nervensender und Schaltkreise – hatten sie *das hier* geschaffen? Das war ihr Lebenswerk, die höchstmögliche Form der künstlichen Intelligenz?

Das hier hat sie von mir fern gehalten?

Ein sprechender Computer, der gleichzeitig als Alarmanlage dient. Und eine Maschine, die Gefühle speichert ohne weiter etwas mit ihnen anzustellen.

Auf ihre eigene Art waren die Geräte beeindruckend. Doch sie reichten nicht an ein richtiges Gehirn heran. Irgendwie hatte Sam mehr erwartet.

»Also, Kev, was ist die Quadratwurzel aus 157?«, fragte Jamie.

»12,5964«, erwiderte die monotone Stimme.

Meine Stimme.

Sam konnte sich gut vorstellen, wie seine Eltern beschlossen hatten die Maschine wie ihn klingen zu lassen. Dann hatten sie ihn heimlich zu Hause auf Band aufgenommen, um Stimmproben zu erhalten. Das wäre ihre Art, sich Sam nahe zu fühlen, während sie weg waren. Etwas erschaffen, das sie an ihn erinnerte. Das war es, was sie wollten. Etwas, das sie an ihn erinnerte. Ohne jegliche Gefühle und Probleme. Ohne die Mühen, die das Elternsein mit sich bringt.

So typisch für die *Hughes*.

Sie meinen es nicht böse, Sam.

So sind sie nun einmal.

»Und wer war der siebte Präsident der Vereinigten Staaten?«, fragte Jamie.

»Andrew Jackson.«

»Sam, das ist echt erstaunlich!«, sagte Jamie grinsend. »Das ist eine Hausaufgaben-Maschine. Bart würde ausflippen. Du könntest ihn hier reinlassen und dafür Geld von ihm nehmen.«

Sam drehte sich um und öffnete die Labortür. Der Flur war leer. »Jamie, wir müssen gehen.«

»Ist jemand hier?«

»Nein, aber was ist, wenn das Gerät an eine Zentrale angeschlossen ist? Die Polizei könnte schon auf dem Weg hierher sein!«

Jamie riss sich von dem Apparat los und ging auf die Tür zu. »Bis später, Kevin. Danke für die nette Unterhaltung.«

Als sie den Raum verließen, warf Sam einen letzten Blick auf den Monitor.

Die Stimme war zwar verstummt, aber trotzdem flackerten Worte auf:

>: HI, KEVIN.

>: HI, DAD. WAS BRAUCHST DU?

>: ICH HABE HIER EINEN CODE 4.

>: EINE VERMISSTE PERSON? WER IST ES?

>: KEVIN, HAST DU SAM GESEHEN?

IHR NAME?

Die … die elfte Macht …

Es ist Zeit. Du musst dich vorbereiten.

Ich habe den Namen gesagt.

Das macht nichts. Bald wirst du nicht mehr hier sein.

Was ist, wenn es nicht funktioniert?

Das könnte passieren.

Komme ich dann nie mehr zurück?

Vielleicht.

13

Sam rannte in den Raum zurück und drückte auf AUSSCHALTEN.
Der Monitor wurde dunkel.
»Warum hast du das gemacht?«, fragte Jamie.
»Weil mein Vater von seinem eigenen Computer aus mit ihm redet.«
»Hast du nicht gesagt, er schläft?«
»Das tat er auch, als ich vorhin wegging. Er muss aufgestanden sein!«
»Warum hast du dann den Apparat ausgeschaltet? Was wird dein Vater denken, wenn er keine Antwort erhält?«
Mit einem lauten Summton wurde die Glasglocke plötzlich wieder lebendig.
»HILFE! UNERLAUBTER ZUGANG ZU DIESEM TERMINAL!«, plärrte das Gerät.
Sam schrak zusammen. »Was um –«
»Na super, Sam. Echt super –«
Der Heulton des Alarms hallte schrill und ohrenbetäubend durch den Flur. Ein Lichtblitz traf Sam mitten ins Auge.
Die Notbeleuchtung. Sie blinkte plötzlich aus verschiedenen Strahlern an der Wand.

Jamie und Sam rannten auf die Treppe am Ende des Flurs zu.
Doch vor der Treppe kreuzte den Flur ein anderer Korridor – und dort lief jemand.
Mehr als eine Person. Ein ganzer Trupp von Schritten kam auf sie zugerannt.
Wo kamen DIE plötzlich her?
Sam zog Jamie in die Richtung, aus der sie gekommen waren. Sie rasten wieder am Labor 6 vorbei und stürzten in einen leeren Flur am anderen Ende.
Dieser Weg war frei. Sie eilten auf einen Torbogen zu, der mit grellen roten und weißen Streifen eingerahmt war. Entlang der Streifen war eine Warnung mit schwarzer Farbe aufgemalt: ACHTUNG: GEFÄHRLICHE SUBSTANZEN. ZUTRITT NUR FÜR AUTORISIERTES PERSONAL!
»DA KÖNNEN WIR NICHT REIN!«, rief Jamie.
»Vertrau mir«, sagte Sam.
Er erinnerte sich daran, dass die Warnschilder keine Bedeutung hatten. Sie sollten bloß neugierige Besucher abschrecken. Oder Spione.
Der Torbogen führte zu einem weiteren Korridor, an dem kleine Büros lagen und der vor einer Stahltür endete. An dieser hingen weitere Warnschilder: NICHT ÖFFNEN – FEUERALARM WIRD AUSGELÖST – ZUTRITT VERBOTEN.
Der Unterkeller.
Mom und Dad haben ihn immer »die Katakomben« genannt.
Sam rammte seine Schulter in die Tür.

»Der Alarm!«, schrie Jamie.
»ER IST DOCH LÄNGST AUSGELÖST!«, rief Sam aus.
Die Tür öffnete sich mit einem dumpfen Ruck. Direkt dahinter lag eine dunkle Betontreppe, die von einer einzigen Glühbirne an der Decke erhellt wurde. Die Stufen waren mit Farbresten und Mörtel übersät, in den Wänden waren Löcher und der Putz blätterte ab.
»Hier geht's *runter*!«, rief Jamie. »Wir müssen doch *raus*!«
»Mom und Dad sind früher dauernd hier runtergegangen. Um Nachschub an Geräten und Zubehör zu holen. Ich glaube, auf der anderen Seite ist ein Ausgang.«
»Du *glaubst* es?«
Sam ging schon die Stufen hinunter.
Unten angelangt wischte er staubige Spinnweben beiseite und blickte in einen langen, niedrigen Flur. An der Decke kreuzte sich ein Wirrwarr aus Plastikleitungen; einige hingen bis auf Augenhöhe herunter. Zwischen den elektronischen Geräten, die an den Wänden abgestellt worden waren, lag ein schmaler Gang voller Schotter.
Gebückt lief Sam weiter. Hier unten klang der Alarm gedämpft und weit weg. Eine Maus huschte an einer Bodenleiste entlang und verschwand hinter einem Stapel alter Monitore.
»Au!«, ertönte Jamies Stimme hinter ihm.
»Duck dich!«, sagte Sam.
»Vielen Dank.«

Sam versuchte sich vorzustellen, an welcher Stelle im Vergleich zu oben sie sich befanden, doch er hatte keine Ahnung.

Sie kreuzten einen Gang, der breiter und weniger zugestellt war als ihrer. Er war abfallend und endete an einer großen Glastür.

Die verblasste Schrift auf der Tür verkündete: GENERATOR.

»Dort!«, rief Sam. »Dahinter ist der andere Ausgang!«

Er riss die Tür auf und rannte hinein.

Der Raum war wie eine große Höhle. Ein Weg führte um eine große Vertiefung herum. In der Mitte stand ein ungeheures Stahlmonster, das monoton summte; seine Unterkante wurde von der Dunkelheit eines scheinbar endlosen Abgrunds verschluckt.

Am anderen Ende des Flurs war der Ausgang. Sam hoffte, dass hinter der Tür eine Treppe nach oben und aus dem Gebäude hinausführte.

»Du bist genial«, sagte Jamie.

Sam rannte über die wackeligen Holzplanken, die unter ihm nachgaben.

Er behielt den Blick auf die Milchglasscheibe der Ausgangstür gerichtet. Das Glas veränderte sich. Er bemerkte einen matten Lichtschein. Als hätte sich eine andere Tür geöffnet, die sich dahinter, am oberen Treppenabsatz, befand.

Sam blieb stehen. Jetzt kamen Schatten die Treppe herunter auf ihn zu.

Gefangen.

Er und Jamie würden es nicht bis auf die andere Seite schaffen. Sie hatten nicht mehr genug Zeit.
»Was jetzt?«, flüsterte Jamie.
Blitzschnell drehte Sam sich um. Direkt hinter ihnen stand ein Schrank und davor ein kaputter brauner Tisch auf Rollen.
Er schob den Tisch weg. Er riss sich die Hand an den Zacken einer kaputten Metallkante auf. Sie hinterließ einen tiefen Schnitt, doch Sam ignorierte den Schmerz und riss die Tür auf. Dann stieg er rasch in den Schrank, zog Jamie hinein und die Tür hinter ihnen zu.
»Ich habe Platzangst«, flüsterte Jamie.
»Und ich blute«, erwiderte Sam und presste die Hand an sein Hemd, um die Blutung zu stoppen.
Die Ausgangstür schlug mit einem lauten Knall gegen die Innenwand des Generatorraums.
Sam bemühte sich still zu sein. Doch Jamies und sein Atem klangen wie rasselnde Sägen.
Auf dem Gang direkt vor dem Schrank dröhnten Stiefelschritte.
»Hier sind sie nicht!«, rief eine Stimme.
»Lauft weiter«, schrie ein anderer. »Sie müssen irgendwo hier unten sein.«
Ja. Lauft weiter.
Genau.
»Einer soll die Schränke durchsuchen«, brüllte eine dritte Stimme.
»Das mach ich!«
Sam stockte der Atem.
»Bart«, flüsterte Jamie.

»Was macht der denn hier?«, flüsterte Sam zurück.
»Er muss gesehen haben, wie ich abgehauen bin!«
»Er ist uns *gefolgt*?«
»Ich weiß es nicht! Sam, was sollen wir jetzt ma–«
»Pssst.«
Duck dich in die Ecke. Stülpe dir einen Eimer über den Kopf.
Das war riskant.
Bleib still stehen und bete, dass sie dich in der Dunkelheit nicht sehen.
Das war dumm.
Schlag ihn nieder.
Verzweifelt tastete Sam nach etwas Geeignetem – einem Mopp, einer Malerrolle ...
»Au!«, heulte Jamie auf. »Das ist mein Fuß –«
Sam verlor das Gleichgewicht. Er fiel gegen die Schrankrückwand.
Und die Wand gab nach.

Leb wohl.

Aber die restlichen Fragen – gibt es
denn keine weiteren Fragen?

Das hier muss reichen. Du verblasst immer mehr.

14

Sam drückte noch einmal dagegen. Eine Ecke der Wand drehte sich auf einer Art Gelenk. »Komm. Hier hinten muss noch ein Raum sein.«

»Da geh ich nicht rein!«, flüsterte Jamie.

Die näher kommenden Schritte klackten auf dem Betonfußboden.

Jamie lehnte sich mit ihrem ganzen Gewicht gegen die Wand.

Sie schwang einen Spalt weit auf, der gerade breit genug war, um hindurchzuschlüpfen. Sam und Jamie betraten einen pechschwarzen, kalten Raum.

Sie drückten wieder gegen die Wand. Mit einem leisen, dumpfen Geräusch kehrte sie in ihre alte Position zurück.

»Am Türknopf klebt Blut!«, rief Bart. »Sie sind hier drin.«

Sam zuckte zusammen. *Hättest du die Metallkante nicht SEHEN können, Hughes?*

Durch die schmale Ritze, wo die Drehwand aufgehängt war, fiel ein Lichtstrahl.

»HEY!«, rief Bart durch die Wand; er war nur wenige Zentimeter von ihnen entfernt.

»Hast du sie gefunden?«, rief eine Stimme, die weiter weg war.

Sam und Jamie hörten, wie Bart herumschnüffelte, gegen die Wand schlug und Gegenstände wegschob.
Die Wand gab mit einem dumpfen Ruck nach.
Jamie und Sam wichen zurück.
»Au«, stieß Bart aus. »Nee. Aber einer von ihnen blutet. Haltet Ausschau nach Blutflecken.«
Die Schranktür wurde wieder zugeschlagen und die Stimmen dahinter klangen plötzlich gedämpft.
Die Schritte entfernten sich und verstummten.
Weg.
»Dieser fette, hirnamputierte Vollidiot –«, murmelte Jamie.
Sam atmete erleichtert aus und ließ sich gegen die Wand sinken.
Erst jetzt bemerkte er das andauernde leise Piepen hinter sich.
»Äh, lass uns von hier verschwinden«, sagte er und tastete nach einem Griff.
Jamie tat es ihm gleich. »Wie kriegt man das Ding wieder auf?«
Sams Hand streifte einen Lichtschalter.
Er knipste ihn an. Zwei Neonröhren leuchteten an der Decke auf.
Sam stand direkt vor dem Türgriff. Mit seiner unverletzten Hand zog er daran.
Die Tür war schwer zu bewegen. »Jamie, kannst du –«
Doch Jamie blieb wie angewurzelt mit dem Rücken zur Wand stehen. Sie starrte in den Raum.
Sam drehte sich um.
Sie befanden sich in einem Labor. Es war größer als

Labor 6 und hatte keine Fenster. Außer der Stelle vor der Drehtür waren die Wände vom Boden bis zur Decke mit elektronischen Geräten bedeckt. Es sah aus wie das Innere eines ultramodernen U-Boots.
In der Mitte des Raums stand ein Tisch, der von drei Rollwagen fast verdeckt wurde. Auf dem Tisch lag unter einer schwarzen Decke ein Körper.
»O Gott ...«, murmelte Sam.
»Ich ... ich glaube, wir haben hier nichts verloren«, krächzte Jamie mit dünner Stimme.
Sam trat näher. »Ist es lebendig?«
»BIST DU VERRÜCKT, SAM? GEH DA WEG!« Sie packte ihn am Arm, doch er riss sich los.
Er konnte den Blick nicht von der unbeweglichen Silhouette abwenden.
Irgendetwas daran kam ihm bekannt vor.
»Sam?« Jamies Stimme klang scharf und angespannt. »Es ist eine Leiche. Wenn du sie berührst – wenn du deine Fingerabdrücke darauf hinterlässt und jemand sie findet – dann sag ich, dass ich dich nicht kenne.«
Der Brustkorb bewegte sich nicht. Doch die Leiche roch nicht wie eine Leiche. Leichen stanken doch, oder?
Sam beugte sich über die Gestalt und zog die schwarze Decke zurück.
Er würgte.
Jamie schrie auf.
Ein Gesicht starrte Sam an. Ein Gesicht, das er gut kannte.
Es war sein eigenes.

15

Er existierte wirklich.

Er war die ganze Zeit hier gewesen.

In einer Art Koma.

Genauso, wie Jamie gesagt hatte.

ABER VIERZEHN JAHRE LANG?

Wie war das möglich?

Wie konnte das sein? Wie konnte er so lange überleben?

Wie konnte es passieren, dass ich es nicht herausgefunden habe?

WARUM HABEN SIE ES MIR NICHT GESAGT?

Sam fühlte nichts mehr und ihm wurde schwindlig.

Er packte die Tischkante. Seine Finger streiften Kevins Wange.

Sie war kalt und glatt.

Seidenglatt.

Sam zog den Arm zurück.

»Sam, was ist hier los?«, fragte Jamie. »Lebt er?«

»Nein«, sagte Sam.

»IST ER TOT?«

»Nein.«

»ALSO WAS IST ER DANN?«

Sam berührte wieder die Wange, er fuhr mit dem Fin-

gernagel über die Haut und hinterließ einen tiefen Kratzer.
Die Haut riss sauber auf, aber es war kein Blut zu sehen.
Das Piepen ertönte wieder und auf einem der Rolltische blinkte ein Monitor mit den Worten »EPITHEL-VERSIEGELUNG IN GANG SETZEN«.
Epithel – das war eines der Wörter, die er auf dem Computer seines Vaters schon gesehen hatte. Sam kannte das Wort aus dem Biologieunterricht.
Es bedeutete *die oberste Zellschicht der Haut*. Irgend so etwas.
Die verletzte Wange bestand aus einer Zellschicht, das stimmte. Sie wirkte genau wie Haut. Doch es war keine Haut. Es war synthetisches Material, das eine neue »Versiegelung« brauchte.
»Er ... ist kein er«, sagte Sam.
»Was soll DAS heißen?«
»Er ist ein *es* ...«
»Sam, das Ganze ist mir zu unheimlich. Wir sollten verschwinden, Sam –«
»Er ist –«
Kevin.
Nein. Nicht Kevin. Wie könnte das Kevin sein? Das war bloß eine *Kopie*. Eine menschliche Nachbildung. Ein Modell von Kevin, wenn er am Leben geblieben wäre.
Noch eins von Moms und Dads geheimen Projekten.
Eine lebensechte Rekonstruktion eines Menschen, der nie existiert hat.

Des Babys, das ich »absorbiert« habe.
Warum? Was hatte es für einen Sinn?
Um ihn zu bewundern? Um sich vorzumachen, er sei lebendig? Um davon zu träumen, was hätte sein können?
Es war traurig.
Es war krank.
Sam hörte wieder Lärm, der aus dem Stockwerk über ihnen kam. Instinktiv blickte er hoch, doch sein Kopf schmerzte zu sehr.
Die Lichter um ihn herum flackerten und verschwammen. Tausende von Instrumenten, die alle auf etwas warteten.
Und dann ging ihm ein Licht auf.
Plötzlich ergab alles einen Sinn.
Der Körper braucht ein Gehirn.
Das Gehirn braucht eine Seele.
Der Körper liegt auf dem Tisch.
Die Seele steckt in mir. Sie bedrängt mich.
Doch ich kann sie weitergeben.
In den Transpatheter.
Der sie in das Gehirn überträgt.
Und dann –
KEVIN.
»Nein!«, schrie Sam und hielt sich den Kopf.
Die Stimme war wieder da. Das *Gefühl* war zurückgekehrt.
Aber – wie –?
»SAM!«
Jamie streckte die Hand nach ihm aus, um ihm zu

helfen. Irgendetwas war los, doch Sam konnte nicht klar sehen, konnte sich nicht konzentrieren, konnte sich nicht bewegen.

Er sank auf die Knie. Die andere Stimme in seinem Inneren war lauter und drängender als je zuvor *(WARUM TUST DU MIR DAS AN? ES WIRD DICH UMBRINGEN!)* – und Sam wusste nicht, was es meinte, deswegen versuchte er in Gedanken mit der Stimme zu reden *(Wer bist du? Bist du Kevin?)*, doch die Stimme wurde immer lauter, ohrenbetäubend laut, und dehnte Sams Gehirn, bis er glaubte, sein Kopf würde zerbersten. *(ES WIRD NICHT FUNKTIONIEREN! ES SOLL NICHT SEIN!)*

»Was?«, fragte Sam laut mit erstickter, schwacher Stimme. »WAS wird nicht funktionieren?«

»Sam!« Jetzt zog Jamie ihn hoch. »Sie kommen!«

Sie?

Wer?

»HIIILF ... MIR!« Die Worte kamen aus Sams Mund – doch es waren nicht seine. Die andere Stimme – die andere Person – sprach jetzt durch Sam.

»Was willst du?«, erwiderte Sam.

Jamie glaubte, er würde mit ihr reden. »Dich von hier wegbringen!«

»JA ... BRING MICH ... VON HIER WEG!«, schrie die Stimme.

»Das versuche ich ja!«, drängte Jamie. »Komm schon!«

»Warum bist du zurückgekommen, Kevin?«, fragte Sam verzweifelt. »Ich hab gedacht, ich hätte dich im Transpatheter verloren!«

Jamie sah ihn entsetzt an. »Sam, mit wem redest du da?«
Sie lockerte ihren Griff. Sam fiel nach hinten.
Sein Kopf schlug auf dem Boden auf.
»Lass mich gehen«, sagte die Stimme durch Sams eigene Stimme. Jetzt klang sie sanfter. Beruhigend. »Dir wird nichts passieren.«
Jamie zerrte immer noch an ihm. »Ich kann dich nicht gehen lassen, Sam.«
»Lass mich gehen.«
Ja.
Tu es einfach, Sam.
Damit du endlich Frieden hast.
Aber wie?
Was wollte Kevin? Bat er darum, zu sterben?
Wie mache ich das?
Wie kann eine Person in einer anderen sterben?
Als Sam die Augen schloss, wurde es ihm klar.
Jetzt wusste er es.
Er hatte Kevin umgebracht.
Nun würde sich Kevin dafür rächen.
Und *ihn* absorbieren.
Ein Leben für das andere.
Jamie schrie auf.
Die Wand öffnete sich.
Doch Sam hörte nichts davon.

VERÄNDERTER WATCHER-STATUS

Vollendung: Unbekannt

16

Als die Explosion stattfand, stieg Sam auf.
Das Licht über ihm war klar, kalt und weiß.
Ins Licht.
Das ist der Tod. So wie die Leute ihn beschreiben.
Ein Schrei hallte im Raum wider, der alle anderen Geräusche auslöschte. Es war seine eigene Stimme – doch er war irgendwie von ihr abgetrennt und hörte zu. Er schwamm in dem Licht. Er schwebte. Körperlos. Blind.
Er war jetzt reine Energie.
Und er wusste, was passiert war, auch wenn er es nicht sehen konnte.
Sein Gehirn hatte sich gespalten.
Doch es gab keine Einzelteile. Keine grausigen Nachwirkungen.
Es hatte sich wie eine Zelle geteilt.
Zwei Gehirne. Gleichwertig, ganz heil und voneinander getrennt.
Kevins Stimme wurde immer leiser. Sie flehte nicht mehr. Stattdessen brabbelte sie Unsinn – sprach von Superstrings und diesen und jenen Parallelen, immer wieder dieselben Worte, wie ein Singsang.
Sam merkte, wie die Zeit verging – viel Zeit. Doch die

Dauer war ohne Bedeutung. Eine Stunde verging im Bruchteil einer Sekunde. Er hörte auch noch andere Stimmen um sich herum, nicht nur Kevins. Vertraute Stimmen voller Panik. Mom. Dad. Jamie.

Wo sind sie?

Er wollte sie sehen. Mehr als alles andere.

Er bemühte sich zu sehen.

Augen – ich muss Augen haben.

Und dann kehrte der Schmerz zurück.

Ein unglaublicher Schmerz, der über jedes Schreien hinausging, der ihn mehr erschöpfte, als dass er wehtat.

Sam merkte, dass er nicht mehr schwebte.

Er lag auf dem Rücken und konnte wieder fühlen.

Sein Kopf war zugedeckt. Er kribbelte warm und unangenchm. Seine Gelenke waren steif, als hätte er tagelang geschlafen. Und seine Wange schmerzte.

Als er die Augen aufschlug, wirkten die Bilder um ihn herum fleckig und verzerrt, die Farben zu grell und gleißend.

Seine Eltern kamen näher.

»Mm ... Daaaa.« Seine Zunge fühlte sich dick an, sein Kiefer steif.

Jetzt tauchte auch Jamie auf. Ihre Augen waren so groß wie Untertassen und sie riss vor Schreck den Mund auf.

Was ist los? Was ist mit mir passiert?

Er versuchte sich aufzusetzen, doch seine Arme und Beine waren gefesselt. Er merkte, dass er die Transpatheter-Kappe auf dem Kopf trug.

Das Einzige, was er bewegen konnte, war sein Kopf. Er reckte den Hals und sah den Körper, der auf dem Nachbartisch lag. Auch er trug eine Transpatheter-Kappe.

Kevin.

Ich hatte Recht. Sie müssen den Körper »aktiviert« haben. Kevin aus mir heraus und dorthinein übertragen haben.

»Ess fungschd.«

Moms Gesicht war tränenüberströmt. »Was hat er gesagt?«

Sam bemühte sich es zu wiederholen; er bewegte seine Lippen so langsam wie ein Kind, das sprechen lernt. »Es … hat f-f-f-ungschoniert. Das Ggghirrn … in Labor 6 –«

»Ja, Sam, es hat funktioniert«, sagte Mr Hughes.

»Iiihr habt es … innn den Körrrper gebracht«, sagte Sam. »Durch eine O-o-operation. Während ich geschla-a-afen hab.«

»Ja«, erwiderte Mrs Hughes.

»A-a-a-ber es ist kein Ggghirn, oder?«

Mrs Hughes schüttelte den Kopf. »Ohne den Transpatheter nicht.«

»Die drei mussten zusammenpassen – der Körper, das Gehirn und der Transpatheter. Wir sind nicht davon ausgegangen, dass wir es jetzt schon tun müssten. Wir dachten, vielleicht in einem Monat …«

Jetzt wurde ihm alles klar.

Ich habe ihn tatsächlich absorbiert. Und er ist in mir geblieben.

Sein Kern.

Er ist mit mir gewachsen – in irgendeiner Ecke meines Gehirns versteckt, in einem Teil der ungenutzten fünfundachtzig Prozent.
Aber er ist immer dann aufgewacht, wenn ich in der Nähe von Turing-Douglas war.
Immer wenn ich in die Nähe des Transpatheters kam.
Das war seine Fluchtmöglichkeit. Er hat sie gespürt. So wie ein Hund unruhig wird, wenn er spürt, dass ein Besucher kommt.
Deswegen hat er sich in meine Träume gedrängt – weil Dad einen Transpatheter nach Hause mitgebracht hat. Kevin schickte mir Nachrichten. Er warnte mich davor, das hier zu tun.
Aber warum?
Sam war klar, dass es lange dauern würde, bis er alle Antworten hatte.
Doch er war voller Dankbarkeit.
Sie haben die Aufgabe vollendet. Er ist übertragen worden.
In den –
Den –
Irgendetwas stimmte nicht.
Ganz und gar nicht.
Alle hatten sich dem Androiden* zugewandt.
Er setzte sich auf.
Sams Sicht war immer noch fehlerhaft. Doch er konnte erkennen, dass der Android die Klamotten anhatte,

* Kunstmensch; eine Maschine, die in ihrer äußeren Erscheinung und in ihrem Bewegungsverhalten einem Menschen ähnelt.

die *er* getragen hatte. Und der Tisch, auf dem er lag, war braun und nicht schwarz.
Es war der Tisch, der draußen auf dem Flur gestanden hatte.
Auf der Hand des Androiden hatte sich eine hellrote Kruste gebildet.
»Ich hab es geschafft«, sagte er.
»Ja, Sam«, sagte Jamie. »Du hast es geschafft.«
Nein.
NEIN!
Sam riss den Arm hoch, um sein Gesicht zu betasten.
Der Kratzer auf seiner Wange war sauber und blutete nicht.

WATCHERS
Aktenzeichen: 7222

Name: Samuel Hughes

Alter: 13

Erste Kontaktaufnahme: 41.33.02

Aufnahme: Verschoben